发酵成诗　记忆碎片

诗人姜荣 己亥孟夏 苗再新

意大利·罗马斗兽场

2017-05-04-星期四

《和意大利古罗马斗兽场对视》

（二〇一八年七月《诗刊》上半月刊）

（211 页）

南边姜荣

著

水流走了

新华出版社

图书在版编目（CIP）数据

水流走了 岸还在 / 南边姜荣著 . -- 北京：
新华出版社 , 2022.11

ISBN 978-7-5166-6539-8

Ⅰ . ①水… Ⅱ . ①南… Ⅲ . ①随笔 – 作品集 – 中国 –
当代 Ⅳ . ① I267.1

中国版本图书馆 CIP 数据核字 (2022) 第 210152 号

水流走了 岸还在

作　　者：南边姜荣

选题策划：唐波勇

责任编辑：胡卓妮　　　　　　　　封面设计：优盛文化

出版发行：新华出版社

地　　址：北京石景山区京原路 8 号　　　邮　　编：100040

网　　址：http://www.xinhuapub.com

经　　销：新华书店、新华出版社天猫旗舰店、京东旗舰店及各大网店

购书热线：010-63077122　　　中国新闻书店购书热线：010-63072012

照　　排：优盛文化

印　　刷：石家庄汇展印刷有限公司

成品尺寸：170mm×240mm

印　　张：20.25　　　　　　　　字　　数：230 千字

版　　次：2023 年 1 月第一版　　　印　　次：2023 年 1 月第一次印刷

书　　号：ISBN 978-7-5166-6539-8

定　　价：98.00 元

南边姜荣 著

·姜荣：笔名，南边姜荣

·江苏南通人，当过兵、从过政、经过商、下过海、学过艺、写过诗

·诗观：记忆碎片，发酵成诗

·诗作散见《诗刊》《诗林》《星星》《扬子江》《诗探索》《北方文学》《中国诗人》《诗人报》《光明日报》等

·代表作：2009 年 8 月《诗刊》上半月刊《一棵孤零零的树》(141 页)

·2012 年 12 月《星星》诗刊增刊"特别推荐"栏目：《水流走了　岸还在》(组诗) 14 首

·2016 年 11 月《诗林》第 6 期"诗域"栏目：《滥港河笔记》(组诗) 4 首

·《诗刊》2018 年度诗人名录：南边姜荣——《和意大利古罗马斗兽场对视》《喜欢躲藏在水里的威尼斯故事》

·江苏省作家协会会员

我是滥港河边一棵恭顺的甜芦黍　　长出一抹乡愁

碎步赶往街上的实验小学　　迎面清风徐来

撩拨着黑红的穗子　　恰似童话里

南边奶奶　　点燃了一堆篝火

火光里周遭的稻穗　　仿佛在飘移

一点一点逼退无边的空阔辽远　　没有边际

月光下的瀑布紧随其后　　和不肯安睡的水流会合

但凡水流都会放纵激情　　岸

却是孤独的　　水流让我忆及美好时光

梦见　　吹响了解放军二〇二师宣传队巡回

演出的集结号　　梦见闪过了通州市红都鞋城一排排

霓虹灯的明珠暗投　　踏上了〇六年下岗的

春天的旅途　　草木一样匆匆忙忙地奔走

这才走进　　内心缤纷的宿地

序一

水流走了　　岸还在

漫长的岁月里，我先后丢掉了许多的东西，但是没有丢掉诗歌，这是一切都很难把握的今天，让同学、战友、同事和朋友们都很费思量的一件事。

【一】喜欢谦虚，喜欢进步

小时候，父亲说我喜欢骄傲。

不是的，不是这样的。比如，我数学不好，我就没法骄傲。值得我骄傲的是一篇作文《学习雷锋做的一件好事儿》获得了实验小学最高的九十二分，李译明老师在认为好段落的下边画上红圈圈，还在班级之间朗读，每当掌声响起来，虚荣心就得了满足，这个样子呢，其实就是父亲说的我喜欢骄傲。

喜欢骄傲，我负债一样背了许多年。父亲离开我了，才茅塞顿开，骄傲使人落后。

而且，真骄傲，真落后，假谦虚，假进步。

然后，我就喜欢真谦虚，喜欢真进步，喜欢边创作边朗诵，边想着怎样去触动人的内心最柔软的地方。掌声中，我看到了人家眼睛里的泪花，就知道真的进步了，那应该是我喜欢谦虚的缘由。

然后，在部队巡回演出后休假，我时常翻过红墙躲在营房外的新沂小学教室里，偷读斯坦尼斯拉夫斯基的《演员自我修养》，写几行朦朦胧胧的文字，写一双隐形的翅膀，有渴望飞翔的要求。

然后，红都鞋城给我带来意外的辉煌、世俗功利、伤痕和痛，我则以诗歌传递挥洒自如的淡定浪漫的精神状态，表现艺术的渐渐成熟并具对现实永远的陌生感而兴奋，镜子一样，将诗歌喜欢在眼里、在心里。

然后，我对红都鞋城心怀敬畏，在贪婪的欲望里它是一种节制，在肮脏的交易中它是一种拒绝，而节制和拒绝像钻石一样，在太阳的反光下，重拾羞涩，让羞涩成为一种能力、一种谦虚、一种进步。

真谦虚，真进步。也让我为创作着魔，纵横交错的情感，迂回曲折的故事，潮起潮落的人生。

"一两句忒好的诗，自动跳入脑子里，你的欣喜之心，无法形容。让没有写过好诗的人，无从体验这种奇特的满足感。而这些，就是我依然写诗的缘由，诗为我的存在带来锋芒。"（巫昂）

【二】洒脱举止，个性使然

一九六一年：领唱 / 我们是共产主义接班人

一九七一年：偷考 / 时代值得骄傲的文艺兵

一九八一年：暗恋 /《你是喜鹊往返鸟巢复制着幸福》

一九九一年：策划 / 承包"红都现象"1 800多天

二〇〇一年：至今 / 省、国家核心期刊发表诗歌1 551行

二〇一五年：T台 / 加入江苏省作家协会

二〇二三年：个展/诗集由新华出版社正式出版发行

最爱好的学科：哲学

最崇拜的人物：鲁迅

最富有的魅力：激情

最鲜明的个性：猎奇

最突出的缺点：反感随波逐流

最普通的优点：积累谦虚资本

最自豪的职务：战士

最干净的称呼：战友

最燃情的岁月：《中外商人报》/红都迈上名牌之路

最灵动的广告：红都创意/脚下延伸

最热情的鼓励：一九八九年南通/阎维文教我气息处理

最诚恳的批评：二〇〇五年北京/李双江教我高音位置

最偏爱的独唱：母亲

最享受的时光：诵读，依然陶醉在诗歌创作中

最喜欢的作品：《我把一位挪威少女羞涩的碧眼写了》

最典型的诗歌：《一棵孤零零的树》

最在乎的采风：命运给予我的命令式安排

最期待的收获：《诗刊》/"您的作品已三审通过"

【三】宁可孤独，也不违心

孤独，是我的人生旅途遭遇了一些不幸和苦难。考取县中，遭遇"文革"；红都鞋城出了名，拆迁；官再升一级吧，却失去了自

由、简单、热情和快乐。

孤独，任我凤凰涅槃，任我从灰烬中浴火重生，探索创作的灵感来源于熟知的生活，探索接地气将人与人的情愫写得鲜活灵动、写得"无技巧之技巧"。

孤独，孤独的人性，人性是从根本上决定并解释着人类行为的那些人类天性，我的诗试图解释。

孤独，拼人生拼图，转命运转盘，许多记忆幽灵般地复活了，人性中温暖的因子弥散开来了。

每当夜深人静的时候，我总是独自坐在窗边，看着海面上闪烁的一盏盏航灯，想想，一切都过去了，再也回不到从前了，涛声也孤独……

涛声来自我的诗，体内渐渐地长出了一片海。

微风吹过，水波荡漾，粼光闪动，一浪接着一浪撞击着，将我的胸口撞得生疼，但思念不依不饶，终究如潮水泛滥，使我无处可逃。

·战友王丽：只是你那件心爱的女式军装　还／吊在门后的铁钉上　像一只挂在尘世的／水蜜桃　压弯的只是战友的枝条

　　　　　　——《一个跳芭蕾舞的女兵叫王丽》

·朋友付金路：你在慢板中走出了你　你走出了风／你已经走出了自己的身体　你已经／将大地走成了空旷

　　　　　　——《每当想起你的时候》

·妈妈顾萍：我用刚刚擦完眼泪的手　去擦／镜框里的妈妈　你的眼角有些潮湿

　　　　　　——《天池　停靠了一艘样子疲倦的船》

诗人的天职是还乡，精神的还乡，诗意的慰藉。

每个人的内心深处，都应该有一块属于自己的秘密精神领地，都有一个精神的故乡。

——海德格尔

我是农民的孙子，血管里沸腾的是滥港河，耳边传来的是乡音，二虎子摘一片竹叶吹响了暗号，小铃儿被逼婚而跳河的死命叫喊，南边奶奶弱弱的拎水号子 ——"哎呀嗬来，哎呀嗬来"。

唯有真诚、善良、朴实、纯粹，因为稀缺，才变成了感动的奢侈品；唯有猎奇和激情，才具有年轻化的状态；唯有创作的新生，才可以战胜死亡。

诗歌创作，充满了未知的魅力。我和小草一样珍惜春雨绵绵，想到的却是人的尊严，让我不由自主地逼近了那些曾经感动过自己的灵魂。

【四】心路历程，思路改变

·令人懊恼：

"文化大革命"十年。一九六五年考取县中，却遭遇三年造反派初中，一年文艺演出高中，一年干部摇篮中专，三年爬官位大专，显然诗歌创作的土壤贫瘠。

一九七一年当了时髦的文艺兵，在化妆间，让战友戏称为"小诗人"，并被强迫朗诵心中的人儿。

·精彩镜头：

红都鞋城在激烈的行业竞争中勇立潮头，赢得了信赖，五年多演习了规模不大的共产主义初级阶段。

A.2005 年，原外经贸部副部长龙永图和香港凤凰卫视资讯台吴小莉在杭在沪举行第 21 届国际贸易高峰论坛交谈议论：你点燃了员工的激情，经营应运而生，管理因时而变，财务费用负数，福利"一国两制"，嗯，独到的"红都现象"。

B. 上海东方广播电台、《中外商人报》《江苏商论》："专业特色争夺市场，红都鞋城火红通州"，红都鞋城连续三年创市零售专卖店销售的最高纪录。

C. 红都人点燃诗意：印刷了红都人说红都的书《红都之魂》，举办了"红都鞋城红都梦"文艺晚会。

D. 名利双赢：集体被评为市先进单位，我也先后被任命为总经理、局长助理、市财贸委主任助理。

·接受熏陶：

诗集熏陶：海涅《新诗集》，《普希金诗选》，阿赫玛托娃《午夜的缪斯》，《惠特曼诗选》，《拜伦经典诗选》，《尼采诗集》，《狄金森诗选》。

诗人熏陶：艾青、洛夫、北岛、汪国真、海子、李少君、江一郎、路也、林莉、娜夜、田禾、柳沄。

诗性熏陶：2011 年 10 月 6 日获诺贝尔文学奖的瑞典诗人托马斯·特朗斯特罗姆——

他至今共发表两百余首诗。1990 年患脑出血导致右半身瘫痪后，仍坚持"纯诗"写作。

15 年来，唯一获诺贝尔文学奖的诗人。

20 年来，偏瘫的身体，仅靠一只手坚持写作。

30 年来，影响了整整一代中国实力派诗人。

80 年来，纯诗，只用诗歌一种文体进行创作。

不言而喻，一首用三年慢慢写慢慢改的短诗，一定比一部用三礼拜写的长篇好。

这便是他的写作信条：写得少，但写得好，让每首诗都通过词语的炼金术成为好诗。

"隐喻大师"，即简练、具体而苦涩的隐喻，像中国古代的诗歌，最擅长从大自然的镜像中窥看人生，获得诗意。"深度意象"，呼应着他的写作。用凝练透彻的意象，打开了一条通往真实的新径。

偏爱他的《特朗斯特罗姆诗歌全集》扉页上的诗句："厌倦所有带来词的人，词而不是语言。我来到雪覆盖的岛屿。荒野没有词。空白之页向四方展开！我碰到雪上鹿蹄的痕迹，是语言而不是词。"

偏爱他慢慢活成诗歌里理想中的样子：和自己的诗歌合而为一，时间不仅会催老人的身体，也会是诗人的一件有力的武器，可以用来修剪灵魂。

偏爱他那诗歌里透露出来的对生活那情人般的眷恋和体贴，发自肺腑，走进心灵更深的内殿。

偏爱他深厚的精神根基，沉着的创作状态，对生活和生命的深入思考，心象、物象的无间融合，对自然万物和人的深情。

【五】独立人格，灵魂对话

喝了三瓶法国雅文邑 —— 世界上最古老的白兰地（Brandy），掏心掏肺地进行灵魂对话：

刘刚同志：啊，中国古时候很多诗人被皇帝放逐，你也被放逐两次？原中国人民解放军202师宣传队的文艺兵被下放，到连队、到熔炉、到炉火纯青？原红都鞋城"红都现象"消失了，为了历练、为了潜伏？

啊，放逐是一种改造、一种考验，把你放逐到那个地方去，就是要你闭门思过，给你孤独去，情形虽不一样，你有没有那种被放逐的感觉？

南边姜荣同志：呵呵，虽然没有那种被放逐感，但是，自己在二十多岁、四十多岁的先后两次经历，就的确有一种半被迫半自己选择的流放感觉。

呵呵，记得部队文艺团体入党很难，那一天下连队，默然走出师部大礼堂，敬了一个军礼，顿感失落，因为文艺兵的眼睛里都住着一座练功的舞台。

呵呵，记得一九九六年创建全国卫生城市大拆迁，一位属于国家的人也下岗，再敬军礼，再次失落，因为心里住着自己呕心沥血创业的一座红都鞋城。

呵呵，可是对自己而言，这两次流放最大的意义在于虽然是迫不得已，却也给自己选择了一个更好的历练的环境，开始了诗歌创作的旅途。

刘刚同志：啊，说实话，在我行年五十的阅历中，再没见过比南边姜荣同志更执着的人了。标新立异者众，一以贯之者寡，如此执着的人，想不成功都难吧。而我就在南边姜荣同志的不依不饶的

"劫持"过程中，对新诗的认识也渐次得到了改写。

啊，南边姜荣同志创作的高峰期是在下岗之后。

二〇〇六年四月，南边姜荣同志也被抛入中国的下岗人群当中了。一个公正廉洁的人，一个为国分忧的人，一个大额纳税的人，一个曾经辉煌的人，就这么遭到无情地抛弃，冷不丁地落入"弱势群体"当中了，其内心的悲凉之雾该是怎样地弥漫啊。

然而南边姜荣同志并没有"伤痕文学"式的控诉，也没有祥林嫂似的痛说。那一阵子，爱好交友的南边姜荣同志从朋友的圈子里淡出了，诗人不肯把自己的苦难分摊到朋友的肩头。

啊，南边姜荣同志的诗，有对历史的回顾，有对新生活的审视，有对亲情友情的眷恋，有对民俗风情的体察，有对异国人性的描述，诗人在这动人的歌声里，将自己这一滴饱受忧患的水珠融入了大海。

南边姜荣同志：呵呵，后来读了《贝多芬传》，他聋了以后几度要自杀，经过艰苦卓绝的创作，他再次振奋"要扼住命运的咽喉，不让它毁灭"。

呵呵，像春雷在心中滚动轰鸣，从此再也不觉得卑微无助了，从此有信心驾驭自己的命运。福与祸的悖论，它打击你，又成全你，条件是你不服输。

呵呵，如今有些人为别人的精神所奴役，并为这种被奴役而快活。而诗人却以诗歌 —— 独立的人格去飞翔，让自己有理由对这种飞翔的高度给予期待。

呵呵，无论是朝鲜姑娘《朴贞子》：随着你击打长鼓的节奏　扛手伸肩／随着你高腰飘逸的雪纺长裙　整个木屋／也俏皮

可爱地　　不停地回旋起来。

呵呵，还是张宏雪《你是喜鹊往返鸟巢复制着幸福》：雪儿你就是油画中　　已经黯淡了的／一条森林小路　　让我一直着迷／我二十六岁　　正担心牵牛花／绽开的　　是否还是从前的一串串笑声。

呵呵，还是《李雪珂翻译的克里姆林宫》有些羞涩，还是与圣彼得堡的俄罗斯女生争论《达·芬奇死后也不会让冬宫安静》，还是《我把一位挪威少女羞涩的碧眼写了》，写她缠住要求合影，写她和中国诗人谈诗，还是《我听到瑞士少女峰起伏时的心跳》，还是《法国巴黎埃菲尔铁塔托梦》……

刘刚同志：啊，你正是以诗歌赋予生命动人的地方，让人看着很痛快、很舒服，诗歌不仅是人生升华为生命的艺术和智慧，而且肯定活得漂亮，诗性的漂亮。

啊，因为你足够自信，传承了真诚善良的基因，而力量与光芒带来了生命的精彩，闪耀着人性的光辉，……独立人格，精神权威。

【六】意味深长，提醒鼓励

创作艰辛，却会得到意味深长的提醒鼓励：

喜欢你在下营屯眯着眼睛诵读刚刚写的《朴贞子》与阿里郎的细节，喜欢诵读中的一个木屋也俏皮可爱的不停地回旋起来，喜欢童话世界……　　　　　　　　　　　　　　　　——朴贞子

写战友的诗，写丰富的安静，写梦幻般的，写动感十足的，写诗，你是一棵树，有落不完的叶子，写诗，你是我们202师一个文艺兵、一个诗人！　　　　　　　　　　　　　　　——赵欣欣

您的诗歌语言很安静，底蕴深厚，并且富有情感，是有温度的文字。
　　　　　　　　　　　　　　　　　　　　　——陆千巧

文字如涓涓小溪，富有流动性，诗写得很精致，语言明亮而有韵律。神来之笔！
　　　　　　　　　　　　　　　　　　　　　——阎延文

厚重的作品。关键骨子里是诗，以及语言所表达的思想深度与情感真挚，而不是号子。
　　　　　　　　　　　　　　　　　　　　　——仇红

思接古今，情溢中外。
　　　　　　　　　　　　　　　　　　　　　——陈有明

经典的诗 ——《和意大利古罗马斗兽场对视》。一辈子可以写一万首诗，读者最多记住诗人的名字，但你的诗听一遍，泪就涌了出来。
　　　　　　　　　　　　　　　　　　　　　——吴声和

我是你的发小、你的同学，可以让你的诗卸下伪装，忘掉心机，却增添了一分创作的激灵。
　　　　　　　　　　　　　　　　　　　　　——杨竹君

好好的，不要想太多。当然，血不够热的人不配称为诗人；当然，你用热血写诗；当然，你的生命充满激情；当然，你是高级的灵魂。
　　　　　　　　　　　　　　　　　　　　　——舞动的生命

嗯嗯，我的诗神！
　　　　　　　　　　　　　　　　　　　　　——纪芬

【七】我的大学，我的诗歌

我虽然已经输在起跑线上，但还是可以精彩地生活，还是可以潜心典籍，孜孜不倦，还是可以夺回被剥夺的话语权，河流往哪儿走，内心都有方向。

知我莫如姜春邻，女儿的一篇论文如是说：

这么多年来爸爸只要创作出新的作品都会拿来与我分享。我想任何一位读者只要坚持读下来，都会很明显地感觉到他的艺术创作力的与日俱增。

就算抛却了这些感性的感受，看着家中成摞成摞的稿纸，也可以体会一位诗人浪漫抒情背后的实实在在的艰辛。然而今天我想谈的不是爸爸的诗歌创作是如何成长的，我要谈的是对诗歌创作的真情坚守！

我是一个很不成熟的诗歌阅读者，以我的水准当然也难以对诗歌的创新提出什么真知灼见，但是对爸爸在诗歌创作上的这种坚持我是十分赞赏的。

如果说激情对诗人是必须的，那么坚守对诗人来说则是可爱的。

我想爸爸要坚守的不是某种诗的形式，而是一种写诗的态度，这种态度就是不矫饰、不做作、抒真情。

我愿意相信爸爸会在诗歌的艺术王国中坚实地守护好属于他的精神家园，因为：真情是很顽强的。

多少年以来，我一直追求可以蛊惑人心的、带来激情燃烧的语言，一种感觉。

一首诗的最高境界要有大量留白，前提是保有穿透人心的震慑力和唤醒沉睡的击打力度。

再加上隐喻和象征的频繁使用，使其所指变得模糊，变得朦朦胧胧，读者的想象和再创作的空间就会得到空前的无止境的放大。

"如果一首诗写得朴素明白，却不肤浅，不简单，还卓尔不群，我一定从心底里佩服这位诗人，佩服这位诗人在诗歌创作中的'无技巧之技巧'。"（阿毛）

诗观：记忆碎片，发酵成诗。

滥港河岸边的甜芦黍，在秋日的田野里持续地反射出黑红色的甜蜜回光，那宁静的充满祈愿的姿态，体内有一种想变得更为严肃的饥渴，是我的诗。

水流走了，仿佛一道闪电抽出河面，滞留在岸的骨节里，它永远痛苦的内心是我生命的本质。

有诗在慢慢地写，有所期待，日子就是幸福的。

修身养性：二〇〇四年起六年《诗刊》诗歌艺术培训中心，二〇〇六年《星星》会员俱乐部，二〇一〇年《诗探索》会所。

我还背上双肩包出发，到生活中起草稿，到国内外对自然景观和民情风俗边采集边创作。

尤其二〇一〇年十一月受邀出席《诗探索》昆山诗歌论坛，与著名诗人林莽、苏历铭、王夫刚、清荷铃子等进行了面对面的交流，读诗改稿，耳目一新。

得到《诗刊》《星星》《诗选刊》《诗林》《扬子江》《诗探索》《北方文学》编辑们中肯的批评和热情的鼓励：

觉得其作叙述流畅，舒缓的语调透出波动的心绪。文字的抒写既有想象又含及诗性意蕴，看得出，你具有写诗的潜质和功底。

——《诗刊》海城

你的诗，总是婉约而深沉，读后使人感到一种酸楚，一种眷恋。从心中流出的句子，没有技巧却如此动人，神来之笔。

——《诗刊》阎延文

这两次诗作，一并仔细看了，最大的感受是你善于从生活的游历中去寻找诗意，说明你有一颗诗心，凡有所历、所感，都记于心。你的诗是有灵气的，不时有闪光的句子，蓦然呈现，照亮我的眼睛，这是诗的闪现、灵感的闪现。相信你会越写越好，因为你有灵性。

——《诗刊》唐力

已读过《收到了蔡文琪和马平莉的信》等四首来稿，诗写得别具特色，很喜欢。经提交主编审，主编已决定留用。

——《北方文学》刘云开

你的《茜茜公主瓷制的德国新天鹅堡》组诗，这里面的典故，只有透过你的诗来了解，就诗语言来说，写得也很流畅，叙事、抒情兼顾，节奏感也明显，这三首不失为一组好诗。诗歌只有作者本人才有修改的权力，任何人只有建议，因为诗无达诂，别人也不可能了解你对语言的感觉。　　　　　——李南

诗作散见《诗刊》《星星》《诗林》《扬子江》《诗探索》《北方文学》《中国诗人》《诗人报》《光明日报》等。

代表作：2009 年 8 月《诗刊》上半月刊《一棵孤零零的树》（141 页）。

2012 年 12 月《星星》增刊"特别推荐"栏目：《水流走了　岸还在》（组诗）14 首。

2016 年 11 月《诗林》第 6 期"诗域"栏目：《滥港河笔记》（组诗）4 首。

《诗刊》2018 年度诗人名录：南边姜荣 ——《和意大利古罗马斗兽场对视》《喜欢躲藏在水里的威尼斯故事》。

2013 年加入南通市作家协会。

2015 年加入江苏省作家协会。

【八】我欲穷源泉，于兹将远涉

诗素描，都以个体的生命遭际与过往的记忆有关：

第一辑　我一直描述不好滥港桥

第二辑　战友的眼睛我也真是看醉了

第三辑　旅途延续了红都鞋城红都梦

第四辑　一棵孤零零的树

第五辑　和意大利古罗马斗兽场对视

我爱写那些庸常的事物，那些司空见惯的物象，风的细软，草的孱弱，它们的微不足道。

我爱写那些地位低下的小人物，那些饱经沧桑的生命，卑微而不屈的性格，沉浸着的悲悯和努力。

我爱写那些诗歌的三原色，那些情、意、象，在心灵的调色板上，对语言进行曼妙无穷的调配和挥洒，意与象巧妙地融合，力求看不到技巧的痕迹。

我从自然界中抓获意象，有节制地表达情感，将智性与感性交融，在幽微的情思中探寻哲理。

我注意捕捉瞬间的新鲜印象，将外部感觉和内在体验融合，产生多层次的丰富多彩的联想。

我当然在意诗歌创作的发表、承认和鼓励，在意感激和怀念过往岁月的沉静力量，并上升到信仰上的境界，安置了一个人的灵魂。

一位诗人，一生中能创造出一个独特的生动的意象，就可称之为大师。一生中创造出一个"意象"，胜于创作出无数部作品。

——埃兹拉·庞德

它令我全身冰冷，连火焰也无法使我温暖。我知道那就是诗。假如我肉体上感到天灵盖被掀去，我知道那就是诗。

——狄金森

我的野心是用十句话说出别人用一本书说出的东西，说出别人用一本书没有说出的东西。

感人的作品都是用血写成的。　　　　——尼采

血不够热的人不配称为诗人。　　　　——洛夫

自己没有感动的事，不可能去感动别人。

灵感是诗的受孕。　　　　　　　　——艾青

写作的人是孤独的。写作与孤独，形影不离，影子或许成为主人。

——北岛

一个可以享受过往日子的回忆的人，等于活了两次；能够把青春期延长三倍的，只有诗人。　　　　　——大解

当今的社会充满了诱惑，在众多的诱惑中，诗歌的诱惑是最纯粹、最优雅也最高尚的。人们热爱诗歌，仅仅就是说不出理由。

——谢冕

诗人是知识分子中的一种，是另类的劳动者。

诗人的尊严表现为激荡不息的创造力。

诗意的一种：反诗意。　　　　　　——西川

当初，我写诗的初衷，纯粹是一种命运的最后依靠，也可以说是在我走投无路的时候，在我孤独无依的时候，诗歌才在心灵中萌

发的。

这也是我对另一种人生的期盼和希望，并伴随我走到今天，到最后离不开诗歌。　　　　　　　　　　　　——田禾

作家的劳动，没必要考虑取悦当代和社会，重要的是给历史一个深厚的交代，也给自己完成一份答卷。

人的一生，其实都在为认知买单。　　　　　　　　　——黎化

我惊艳于天才的、质朴滚烫、直击人心的诗说，路不疲倦，就不会丧失对前方风景的好奇和热情。

一个具有干净、纯粹、悲悯、温暖情怀的诗人，在自己回忆过往的岁月，依旧能解析诗歌意境，感受生命之美，活得很有风骨和气质，拥有丰富的精神世界，前提是当下从未放弃如痴如醉地创作。

诗人是世界上最后一个纯真的孩子。

诗人，一个有趣的灵魂。

诗人不需要自传。

水流走了，岸还在。

诗集编辑中，承蒙：

著名作家舒乙、汪国真、林莽的当面指点。

中国著名画家苗再新风趣地一个虚体隐身，回到油画，回到雪狼突击队，面授方略：善于用曲折有致、流动的线条赋予人物动态韵律和节奏。

《诗刊》社叶延滨、林莽、朱先树、阎延文、何来、海城、谢建平、唐力，《星星》熊焱，《诗林》潘红莉，《诗探索》林莽，《诗选

刊》田耘，《中国诗人》潘洗尘，《北方文学》刘云开，北京文都教育考研教学研究院姜春邻和冯新民、刘刚、张宏时的先后审稿、评论、点缀润色。

还有同学、老师，战友、首长，同事、老板，朋友、家人，诗人、诗人导师，诗刊、文学期刊的编辑们和通州市红都鞋城的全体员工，当我心绪迷茫低落的时候，是你们给了我坚定的认可、知心的赞助，认可、赞助我在诗歌创作的阵地上牢牢地守住了"真情是很顽强的"原创底线！

还要感激你，我的太太张宏雪一直坚持鼓励或批评我，愿意听我夹杂着方言而抑扬顿挫地朗诵自己刚刚写出来的诗，用你的眼神执意地为我点燃……

在此，一并致以诗意的敬礼！

就说这些，是为序。

南边姜荣

二〇二一年一月

通州双皮桥北村再修改

序二

总得有人唱歌
——说说与南边姜荣同志的故事

我与南边姜荣同志相识已经有二十多年了。走来走去的动因倒不是谈论诗歌，而是喝酒。我不是诗人的知音，而是酒友。

一次在南边姜荣同志家里看到一幅油画，画面上那海边的贝壳，让人觉得有什么深意似的。

南边姜荣同志乘着酒兴叫我猜，一定要猜这画儿画的是什么地方。我猜不出。他就叫我读一读画儿上面的题诗，没等我细读，他就大声朗诵起来：

海　　遗忘了

凋零的一串浪花　　谁哼一支

无词的歌　　沉沉的脚印在思索

于是　　散落连云港海边的

一枚圣水贝　　盘着一个湿了的梦

南边姜荣同志平时嗓门就比较大，一激动就更大，有点振聋发聩的意思，于是我就猜着了。

于是他就和我热烈地握手，说是猜得不错，画儿《海边盘着一个湿了的梦》就是连云港须沟的海湾！后来我就晓得了南边姜荣同志是一个诗人。

此前我也认得几个"校园诗人"。不过我所接触的"校园诗人"不怎么写诗，更多的是展示一种忧郁深沉而又空灵洒脱的诗人气质，以期女界的关注，吸引女同学的眼球。南边姜荣同志没有那种怀才不遇、愤世嫉俗、忧郁深沉的面相，诗却一首一首地写出来了。

南边姜荣同志虽然有别于"校园诗人"，起先在我的心中却仍然难表特别的崇敬，这大概是我很少读新诗的缘故。

古诗好哇，内容触及灵魂，形式又精美绝伦；新诗嘛，似乎是抒情散文分行书写，而那个感情又似乎是无故地发作，一发作就极其猛烈，使人畏惧，也令人惊疑。

当然新诗也并非都是"急吼吼"的，也有比较克制的，"小夜曲"式的东西，然而，不管是"急吼吼"式的，还是"小夜曲"式的，都在我狭窄的阅读视野之外。

南边姜荣同志不顾我的心情，写出来了就找我喝酒，喝着喝着就朗诵起来，好不容易朗诵完了，还要征求意见。我呢，每当一首朗诵结束（有时可能没结束，只不过是中途运气），就拼命鼓掌，然后说几句应景的话，暗自希望主题是喝酒而不是朗诵。

有时我被他的真诚感动，也静下心来推敲，纵然推敲过了，以我的修为，那所谓的评点也是难以切中肯綮的。然而南边姜荣同志却写了再改，改了再写，孜孜以求，十分尽职。

南边姜荣同志是个诗人，这令我感到豪壮，因为当今诗人是稀缺物种，任谁有个诗人在身旁站着，都觉得倍儿有面子。

诗歌是生命的组成部分，典型人物是黛玉。在红楼世界的诗歌大赛之中，林妹妹仅仅一次夺魁，就是"菊花诗"，然而人们却公认她是世上最美的诗人。

她以诗歌记录了自己《红楼梦》的生活，比如《葬花词》《题帕诗》《秋窗风雨夕》和《桃花行》。这些都是书中明写的，还有暗示的，比如在"香菱学诗"的章节，就透漏出林妹妹其实是经常写诗的，诗歌创作就是她的生活习惯。

可以说林妹妹整日价都生活在诗意之中，不写诗的话，她可能一天都活不下去。

那么吾友南边姜荣同志属于这一类——诗歌是生命的组成部分，跟林妹妹有一拼。

有一个例子足以佐证：

南边姜荣同志在西欧采风，写下了《和意大利古罗马斗兽场对视》等十一首诗稿，回国后觉得不对劲儿，纸上的东西跟西欧现场的体验不一致，然后就一直反反复复地涂掉重写。

据说托尔斯泰写《安娜·卡列尼娜》，小说的开头一共改写了150遍，南边姜荣同志重写了多少遍哩？不知道。在下只知道，南边姜荣同志为了完成这西欧组诗，宅在家里66天。

66天不见阳光，他严重缺钙了，也就是说骨质疏松了，差点儿把胳膊腿给整折了。令人欣慰的是"西欧诗印象"也终于写好了。

诗歌就是南边姜荣同志的命啊。

在下此生认识的各色人等，具备如许拼命精神者，南边姜荣同志是唯一。

写作是需要技巧的，也是需要勇气的。技巧可以在实践中得以磨炼，越写越娴熟；勇气却可能在实践中遭受消磨，越写越泄气。这是因为写作是一件十分寂寞的事情。

南边姜荣同志一人向隅已经写了几十年了，这几十年间，他很有可能只是在冰山之间独自奔跑，不舍昼夜。由此会产生一种什么样的心情哩？在下试着揣摩，却怎么也揣摩不出来。

《三国演义》里面曹孟德先生对袁绍有一段精彩的点评："好谋无断，色厉胆薄，干大事则惜身，见小利而忘命。"

其实有这德性的何止袁绍一人哩，放眼天下，简直比比皆是（在下就是其中的一员）。曹操说袁绍，其实是揭示了世人的通病，值得我们深长思之。

夜里想到千条路，晨起却未走一步——好谋无断；

对天发誓，裹足不前 —— 色厉胆薄；

碰到人生重大选择，瞻前顾后，患得患失——干大事则惜身；

热点来了，跟着瞎起哄，一条胡同走到黑——见小利而忘命。

岂不是都齐活儿了咱们？

南边姜荣同志反之。

在下庆幸有这样的诗人南边姜荣同志，从而明白，人生确实还有别样的活法。

说实话，在我行年五十的阅历中，再没见过比南边姜荣同志更执着的人了。标新立异者众，一以贯之者寡，如此执着的人，想不成功都难吧。而我就在南边姜荣同志的不依不饶的"劫持"过程中，对新诗的认识也渐次得到了改写。

每一个时代都需要诗人，由他们发出一个国家、一个民族心灵最深处的声音。在当下冷落的诗坛，总得有人唱歌吧：

南边姜荣同志创作的高峰期是在下岗之后。

二〇〇六年四月，南边姜荣同志也被抛入苦难中国的下岗人群当中了。

一个公正廉洁的人，一个为国分忧的人，一个大额纳税的人，一个曾经辉煌的人，就这么遭到无情地抛弃，冷不丁地落入"弱势群体"当中了，其内心的悲凉之雾该是怎样地弥漫啊。

然而南边姜荣同志并没有"伤痕文学"式的控诉，也没有祥林嫂似的痛说。那一阵子，爱好交友的南边姜荣同志从朋友的圈子里淡出了，诗人不肯把自己的苦难分摊到朋友的肩头。

也许南边姜荣同志这样做，竟侥幸逃脱了最后一轮的冷眼，从而保存了对世人微茫的信心吧。躲进小楼的南边姜荣同志在孤独中包扎自己的伤口，将片片幽情化作一首首诗歌。

欧阳修指出，自古以来，中国的诗歌创作者往往是"穷而后工"的，南边姜荣同志用自己的血肉印证了这一模式。

据说，每一个人出生的时候，脸上都糊着一层蒙面纸，隔着这一层蒙面纸，自然就看不到世界的真相，但却能够在虚幻的快乐之中幸福地度日。

可是人间的大痛苦毁坏了蒙面纸，使得它千疮百孔，不过世人缺乏揭下它的勇气。若是敢于从自己脸上把它揭下，就成为洞察世事的贤哲了。诗人的穷而后工，也就是揭下了蒙面纸吧。

在炼狱中走了一遭的南边姜荣同志，对世道人心不再是雾里看花了。然而，南边姜荣同志并没有过多地玩味痛苦，也不曾刻意展示伤疤，没有控诉，没有痛说（三十年来，中国发牢骚的人太多了，诗人无意加入其间）。

在南边姜荣同志的诗歌中，有对历史的回顾，有对新生活的审视，有对亲情、友情的眷恋，有对民俗风情的体察。诗人在这动人的歌声里，将自己这一滴饱受忧患的水珠融入了大海。

二〇〇七年《诗刊》社海城老师给南边姜荣同志诗作品鉴是：

"总的来看，你能在俗常的客观现实发现诗意，这是一位诗人必须具备的条件，而你恰恰具备这样的品质，祝福你！"

"阅过诗稿，觉得其作叙述流畅，舒缓的语调透出波动的心绪。文字的抒写既有想象又含及诗性意蕴。看得出，你具有写诗的潜质和功底。"

总得有人唱歌，唱歌分三种层次，第一是嚎，第二是唱，第三是倾诉，我等不及想再次领受南边姜荣同志的倾诉，以舒缓的语调透出波动的心绪而倾诉他心爱的诗歌！

刘刚
二〇二一年四月十九日
通州湾

目录 CONTENTS

第二辑　　战友的眼睛我也真是看醉了 \ 055

第一辑

我一直描述不好滥港桥

我一直描述不好滥港桥　　说滥港桥

是一朵白云缓缓飘来　　在湍急的水流里打盹

酷似南边奶奶的满头白发　　说不断地遗忘

又不断地从记忆里　　一遍遍打捞

关键词：

滥港桥　南边奶奶　蛐蛐　萤火虫　狗尾巴草

一间半稻草屋　小铃儿　水踏板　三寸金莲

青花瓷水缸　老水车　甜芦黍　花行桥　雪儿

胡集镇　桑葚树　教场河　驼子　九妹　老虎灶

东街　父亲　天池　五总四姨妈　妈妈　古榆树

滥港桥下水在涨

滥港桥下水在涨
一群鱼儿赶紧抱住月亮
回想随着哗哗的水声
流进了梦乡

水面上
一朵渐渐飘远的芦花
系着对童年的记忆

桥边伸出
一根细长的鱼竿
钓
久违的乡情

一九六五年十二月
南通县庆丰公社滥港桥
二〇〇五年六月
《诗刊》下半月刊副刊
二〇一六年十一月
《诗林》第六期

我一直描述不好滥港桥

我一直描述不好滥港桥　　说滥港桥

是一朵白云缓缓飘来　　在湍急的水流里打盹

酷似南边奶奶的满头白发　　说不断地遗忘

又不断地从记忆里　　一遍遍打捞

说滥港桥　　总有一个月光撩人的夜晚

几只蛐蛐将桥　　挪进梦里

其实蛐蛐的嘶叫声　　并不大

却是　　被一阵阵黄褐色的风弄大的

它们持续地嘶叫　　既相互对峙也相互依恋

说这月光如水　　月光沛然的夜里

滥港桥像月亮那样具体　　那样具体的还有

滥港河里的整座桥　　前后左右

看见的　　都是整个的滥港桥的自己

说滥港桥的立场　　激流勇进

介于　　激流勇退之间

还说滥港桥只剩下了　　空旷

空旷中　　以至于一条泥泞的黄色烂泥小路

弯弯曲曲的　　拐来拐去亮相的样子

使我一直难以置信　　此刻它呢

究竟　　是离开还是离不开

还说　　偏爱河里一座滥港桥的身影

也的确一条河的水　　都来格外殷勤地擦洗

反反复复地擦洗　　直到擦出

越擦越像的　　我的一种滥港桥的印象

我一直描述不好滥港桥　　说了又说

小铃儿那次过了桥　　背影消失了

滥港桥　　情不自禁地慢慢起身

歪歪扭扭的　　紧紧跟着越来越大的雾走了

二〇一二年十二月

《星星》诗歌增刊特别推荐

二〇一六年十一月

《诗林》第六期

滥港桥路

一

风在减速　　竹枝上的雨水越流越慢

慢得　　和二虎子轻抿嘴唇的

一片南天竹叶一样　　慢慢地发出

一声声清脆悠扬的暗号　　慢慢地将春天的

发条一一拧紧　　滥港桥的这一个春天

沿着河岸边的一棵棵小草　　慢慢地

慢慢地　　松开了自己

那月亮　　还会赤脚过河

坐时光的滑梯回来　　回眸之间

小铃儿退到一棵杏树儿后边　　红了脸

像熟透了的杏子　　悄悄地

给五月的蓝天　　戴上了一枚玛瑙别针

小铃儿　　你时常走过的那一条滥港桥路

如同一只跟脚的看家狗　　嗅着

二虎子的身影　　走南闯北

将一个少年的梦　　咬出沉默的黑窟窿

二

滥港桥下　　有些野豌豆花

不用等到春天　　就可以开放的

好比梦　　好比梦里依旧飞翔的心灵

一个　　懵懵懂懂的二虎子

却有一双　　蓝天般纯净的眼睛

将口哨吹成了唢呐　　酷似哥哥和妹妹

你看我　　我看你　　轮流对唱

那一段快乐的　　和男婚女嫁有关的

乡村曲调　　不倦地擦拭头顶上

越擦越空的天空　　杨柳依依

妆扮成了邻居家里的　　漂亮妹子

被一阵风推着　　羞答答的

慢慢地　　回过头来

小铃儿你是逃婚的　　是被人

追了几十里路　　沿着一条滥港河

一路狂奔的　　你不是兔子

却比兔子还要胆小　　肉嘟嘟的

逃得飞快　　你几乎放弃呼吸

几乎飞出了自己的身体　　后面死死地

追赶的身影老鹰一样　　飞得天空益发地倾斜

小铃儿　　你当初走过的

滥港桥路　　像一条脱壳的赤链蛇

回过神缓缓地游远了　　它呀

怎么也不肯回头　　那个犟头犟脑的愣头青

比人还要固执

万一　　梦中相遇了

小铃儿呀　　你一定不要惊悚

二〇〇九年七月

《诗刊》下半月刊

二〇一六年十一月

《诗林》第六期

滥港河　　滥港河

我花费了近半个世纪

画一条呀家乡的滥港河

还在那儿流着

天空　　还在那儿瓦蓝瓦蓝着

一对喜鹊

扑簌簌地飞还在那儿叫着

叫着的还有

滥港河里的星星们

不停地沙沙声磨亮了夜空

小铃儿　　你仿佛走进了童话王国

在甜芦黍之间浇水

踩出的脚印

是在不经意地雕刻时光

二虎子瞒过家人

一直帮你挑水是掏心掏肺的

从此　　再也没见过

那么干净

那么清幽的水流

围绕着那么美那么深的甜芦黍

没日没夜地流淌

杏树杈上

高高地悬着那个鸟巢

像小铃儿的心思

刚刚张开了嘴

却立刻把话　　咽了下去

二〇一二年十月十日

山西太原晋祠再修改

二〇一六年十一月

《诗林》第六期

南边奶奶（组诗）

你别叫我

我背对滥港桥以离开的姿势　一步一步地
越来越不敢回头　我怕满头白发的
南边奶奶站在桥头　叫我的名字

可你一叫　我就得像一个村庄站在那儿
站成了冰封的滥港河　凝固下来

你别叫我　我已经是一座石头狮子
紧紧依偎在滥港桥那儿　这些都是天生的

你从前　　形如滥港河

南边奶奶　我一只落群的鸽子
不管飞多远　都逃不出
你站在村头的视线　就像这
护城河上的浪涛　必须流返滥港桥
才会停止沸腾

阵头风　催促滥港河流
疾速地撞上岸堤　仿佛举着一个个
秆草火把　白色的火焰照彻了

流水的漩涡　　照彻了竹篱笆的落寞

看你怎样撒种浇水　　看你怎样拔草摘瓜

那黄昏倾斜的　　一块水踏板

被南边奶奶你的三寸金莲　　踩得更弯了

杨柳下垂　　使劲儿地耗尽了夕光

青花瓷水缸里　　安静潮湿的呼吸

让沉在水中的灵魂　　和那一盏煤油灯

共同拥有了　　暗黄的睡眠

我偏爱不远处　　一台破旧的老水车

替代你南边奶奶　　纺着松松垮垮的小曲儿

直到今天还在我的心中　　吱吱扭扭地发出呻吟声叹气声

可是一想到没有你　　南边奶奶

我怎能哭泣　　怎能如此缓慢地生活

你从前　　形如滥港河　　在桥下喋喋不休

可是今天　　为我一棵焦虑的甜芦黍

你流水一样　　竟让自己

从烈日炙烤的河岸上　　蒸发殆尽

你别像冬天离开了

你别像冬天离开了　　我不适宜肝肠寸断

这些人间闪回的一件件往事　　恍惚

突然飞过的　　一行行大雁

我溜达到一间半稻草屋后　　才看出

一棵甜芦黍随风摇曳　　一个心乱如麻的黄昏

小时候　　冬天要离开了　　屋脊和房跟底下

存有一小堆的积雪　　这就是向你告别

一点点消失　　不会突然之间没有

二○一二年十月十一日
内蒙古希拉穆仁草原再修改
二○一七年八月
《北方文学》月刊

滥港河笔记（组诗）

红嘴蓝鹊

一只滥港桥的红嘴蓝鹊　　清早在河边顾影

连影子都是瘦的　　你还没有想好

该思恋谁　　对未来的幸福充满饥饿感

但凡鸟儿们　　总是难以描述什么

一路飞翔　　让沸腾的血液找到了出口

羽翼下载的含意　　像阳光一样辽阔地沉默

布谷鸟

一对滥港桥的布谷鸟　　一直猫在鸟巢里

多么像狼山额头上　　一生下来

就有的深色印记　　一个

在想心思　　一个在想另一个的心思

白　鹭

一只属于滥港桥的白鹭　　背影早已模糊了

那一棵杨树　　依旧痴痴地呆在原地

面对分离的场景　　总有些许无可奈何得树叶

悄然落下　　在低洼处闲置

任清清凉凉的晚风　　一遍遍吹黑吹凉

你这一棵冠形漂亮的杨树中的大树　　索性

把眼睛闭上　　沉默不语

把寂寞　　留在树杈杈碰掉的月光碎片里

梧桐落叶

风儿吹　　打乱了滥港桥的一棵梧桐

内心的平静　　是风失手将你的树叶撒满一地

风儿继续吹　　吹得一片片梧桐落叶满地奔跑

像孩子们的一双双眼睛　　稀奇笑吟吟的

邻家女人是怎样踏过了稻田　　怎样

让好听的赤脚声　　将你此刻的心绪带出老远老远呢

两行脚印

滥港桥河边的两行脚印紧紧地挨在一起　　挨在一起

亲昵得　　仿佛风遇到了两棵红高粱

在打稻场边晃来晃去的　　就知道甜甜蜜蜜的幸福

这时候　　已经悄悄地上路了

连一对蜻蜓匆匆飞过的声音　　也使我

碗中热乎乎的玉米粥　　微微颤栗

新娘子

一座草房有了新的窗户　　开向荷塘

水流走了　岸还在

天天数落房顶上　　那些熬不住的青藤叶子

像春天　　手舞足蹈地试穿嫁衣

一个伢儿死死地踩在　　另一个伢儿肉肉的肩膀上

还挨不到窗户　　月亮也跟着微微倾斜

好奇地　　偷看新娘镜子里的睡眠

一九七七年九月一日

扬州盐阜路一号江苏省商业学校

二〇一二年十月十三日

延安枣园再修改

二〇一七年八月

《北方文学》月刊

滥港桥的小铃儿改嫁了（组诗）

滥港桥

滥港桥的小铃儿改嫁了　　一次犹犹豫豫的再婚

是被伢儿前呼后拥　　从翻身沟

从嘲笑声中　　把我眼中的红灯笼取走了

小铃儿进了城就心猿意马　　如滥港桥替代

也很难控制　　一条泥泞小路的走向

唯有月亮　　照顾着水下桥的身影

荷花池塘

夜比荷花池塘里的水　　还要深了

小铃儿改嫁　　留在屋里的一对双胞姊妹

传出了　　奶声奶气的回声

刺柏多么希望吐胆倾心　　但越是急

越是说不出　　心中想好了的话

梅　庵

夜深了　　风会催促柳枝回心转意

窗外　　树影默默徘徊

梅庵敲起的一阵阵木鱼声　　时急时缓

错落在小铃儿的心里　　微微缩紧

一双多么妩媚的眼睛　　穿行在

荆棘遍布　　野兽横行的山沟泥滩上

任羊肠小道蜿蜒在她的心头　　不断地颠簸

赶路的身影　　让窗户纸

也兴奋得快憋不住了　　臊得满脸通红

花喜鹊

南山湖别墅　　正被抬送天空的鸟群占据

小铃儿的脸颊　　铁屑般的睡意

正在一块巨大的落地玻璃上　　渗漏

鸟巢与浮云的想象　　和钢琴协奏曲

一样浪漫　　但一只两只花喜鹊

仅仅唤了几声　　就被断然撕成伤心的两地

紫　藤

一棵紫藤爬呀爬呀　　蛇一样地爬累了

蛰居在山头梳理　　如麻的心绪

挂在悬崖峭壁　　发呆

小铃儿　　爱这一棵紫藤花苞裂开的时光

可是在木本植物的体内　　生长期终了

枯死之前　　也有血一样的热流

在一条一条叶茎　　不断求爱的不断运输的通道中

含住了叶脉深陷的　　无边的忧虑

草房　　土丘　　云朵　　一起打开

它们的窗子　　享受滥港河的乡野暗藏的光芒

二〇一二年十月十六日

洛阳龙门石窟再修改

水流走了　　岸还在

高空　　变化莫测的云团

是六〇年　　飞行的一条滥港河

洪水冲空的村庄　　逼近了小铃儿你

一块樱桃红包头纱　　在滥港桥上颤颤巍巍的

小铃儿你拖儿带女的　　忽然

停下的旅程　　朝北磕了三个响头

将十多里的一条滥港河岸　　一下子走向了高潮

你告别的那一番情景　　已经被风

吹得断断续续　　像找不到家门的小伢儿

一声声　　哭喊出内心的慌张

就像受到惊吓的一只鸽子　　在天空划过一道

血肉模糊的伤口　　鸟儿们只飞一圈

就回到原地　　有些逃离是一定要回去的

小铃儿　　你时常提着紫竹梅碎花长裙子

奔跑炫目的红　　在天空燃烧

也时常　　坐在上海外滩的落日里

像一棵家乡的桂花树　　安安静静的

动一动心思　　花儿就开了

隔着月亮　　你和那花儿就隔了一生一世

城里人　　不懂一簇一簇艳丽的寂寞

唯独一条滥港河　　会生长很多的爱

风儿只是轻轻地一吹　　就增加了一条河里夜的重量

滥港河的水流走了　　仿佛一道闪电抽出河面

滞留在　　十多里沿岸的骨节里

二〇一二年十二月

《星星》诗歌增刊特别推荐

你是喜鹊往返鸟巢复制着幸福

雪儿你就是油画中　　已经黯淡了的

一条森林小路　　让我一直着迷

我二十六岁　　正担心牵牛花

绽开的　　是否还是从前的一串串笑声

我要把自己　　一朵雪花一朵雪花地

邮寄给教场河的春天　　如果

你走得更远一些　　雪就会下得大一些

无声无息　　下在了你的骨头缝里

下在　　你的身体里血管里

唢呐的欢叫声　　充满了同一种风

是为了　　愿意打开耳朵的你

手舞足蹈地一直吹　　你是喜鹊

往返鸟巢复制着幸福　　在老正街头在桂花巷尾

一九七九年一月十五日

海安县胡集镇

二〇一七年八月

《北方文学》月刊

桑葚一颗颗接力向着月亮奔跑

与其说一棵桑葚树凝视着雪儿　　你已被

长春电影制片厂录取了　　还不如说

你一直在树下走台步　　却一直

没能走到　　一棵树的高度

我确信一棵枯树　　可以

依靠日以继夜不间断地祈祷　　复活

我确信　　恢复恋爱的一封书信

可以依靠　　一道闪电在你内心的天空复活

你选择了复活　　你选择了今天出嫁

你临着宽阔的教场河　　心思肯定是沉重的

一九八一年替代的　　桑葚一颗颗接力向着月亮奔跑

而擦出了风　　就知道一个少女的心儿

奔跑起来　　可比自己的影子更轻呢

月亮　　已经很亮很亮了

如果再亮些　　就会一直亮进了

桑葚　　不安分的心

水
流
走
了

岸
还
在

你呀　　舍不得闺房里的一切
甚至味道　　深深的眷念
从后半夜一直等到　　街上的石头亮了

等到了　　第一缕阳光刚刚照到草尖尖
我就会看到呀　　你生命的极致
结成了晶莹剔透的　　不含
俗世杂质的　　一滴泪珠

一滴泪珠　　带着微热的体温
忽然落入金沙镇教场河　　动情的水面

一九八一年九月九日
南通县金沙镇教场河
二○一三年七月
《北方文学》月刊

收到了蔡文琪和马平莉的信

先后　　收到了蔡文琪和马平莉的信

缓缓折起　　又打开　　是熟悉的嬉笑声

打开却折不起的　　是对小学里同学的回忆

一

想起了　　还是六一儿童节

和蔡文琪扬起鞭子　　轮流抽打陀螺

如同一条教场河被木排带走了　　被风带走了

轮流抽打　　一直抽得月亮

也踮起了脚尖　　一块儿打着旋

旋转着昏黄的路灯下　　一堆碎小的快乐

一摊子作业仿佛雪花一样　　凋零在

自己开放的阳光里　　开放就是

把内心的阳光　　掏出来

而有些开放　　深藏在

春天　　都难以抵达的地方

二

马平莉就是白白软软的云朵　　在水面上滞留

仿佛扯了一块雾的盖头　　给荷花蒙上

一对小小蜻蜓　　将亲吻的涟漪留给了池塘

清凌凌的水　　闪过了追赶的身影

其实俯瞰一次幸福　　会变得轻而易举

就像梦偏偏喜欢降落　　降落就降落到池塘边

降落　　就降落到实验小学爱晚亭

降落的不是猫　　是比猫更轻更柔的月光

梦里　　因为月儿俏皮地注视

童真的滋味　　愈加甜蜜

常常令我怀旧的　　是荒芜的

假山角落　　不荒芜的红的白的马齿苋花

二〇一二年十月

曲阜孔庙再修改

二〇一三年七月

《北方文学》月刊

驼　子

老虎灶边　　只要一拉胡琴

琴声里　　就有女子煽来了茉莉花香

香　　压得驼子的背

一个娶金沙花行桥新娘子的梦　　弯弯的

原野上　　走不到一起亲热的两棵高高的白杨树

却让九妹　　一根细细的麻绳勒紧绳索

咬着驼子驼背　　进入驼子的骨头

进入了驼子的心　　成为驼子一部分

驼子　　你让一朵已经干枯的茉莉花

在水中舒展着　　释放风韵

一朵葵花也是这样的　　多么想

和太阳一起　　成为

一棵燃烧的植物　　太阳

却默默无语　　提着火把转身走进暗处

人群在九妹周围旋转　　九妹多次迟钝地离开

又多次折回　　死死地趴在井口上

好像　　靠近了天堂的大门

水流走了 岸还在

传说　　那一次驼子化身一道闪电

穿透了　　井底的天空

穿透了云朵　　堆积的善意

驼子驼子　　你只是一瞬间的恐惧

挣扎了几次　　就恢复了安静

可是　　一口老井没有了你的倒影

多么孤独的　　寡居

不见主人　　就不好好活的一条黄花儿狗

还在井边溜达　　脚印是眼睛

二〇一二年十月十九日
济南趵突泉再修改
二〇一三年七月
《北方文学》月刊

每当想起你的时候（组诗）

太　阳

因为你　　我才喜欢

不向命运低头的贝多芬　　你替代

一轮中国的太阳　　从《悲怆奏鸣曲》

第二乐章　　从最美的慢板中　　缓缓地升起

你在慢板中走出了你　　你走出了风

你已经走出了自己的身体　　将大地走成空旷

你那一边黑夜的黑　　和我这一边

眼睛里的黑　　以一个休止符

在乐章中　　隔山相拥

从此喜欢贝多芬的慢板节奏　　从此

我就是　　一只破壳而出的蜘蛛

织网　　织出疼痛

刺　柏

你是一棵普通的树　　站在天地之间

让阳光　　或月光轮流复制

即使身影被扭曲　　也要留下

大风的形状　　你偶尔

跌进河里　　却又要一次次展翅飞翔

你标志的　　男子汉微笑

对我的眼睛　　是一个永恒的磁场

你就是　　那一棵百年刺柏

在实验小学假山旁边　　贴了标签的

受到了一个国家的　　重点保护

洞　箫

曾经将一首洞箫的曲子　　切去

一半的忧郁　　剩余的呼吸

越挤越短

短得一条东街顾自暗着　　暗成了

黄汪汪的一滴泪水　　正从

通州城　　这只漆黑的瞳孔里缓缓地流出来

木　鱼

当南山寺里的木鱼平静下来的时候

我们的骨头也平静下来

静得疼痛

白　鹤

几只白鹤　　依依不舍

和刺柏的阴影相重叠了　　合影以后

盘旋在东街　　在蓝天白云的深处

任我们潮湿的目光　　一遍遍

抚摸着它的心儿　　最柔软也是最神秘的地方

瞬间　　返回到我们每一个人的体内

刮起了　　没头没脑的大风

东　街

积雨云　　愿意仿建成狼山的样子

从怀里掏出了雨幡　　使劲地招摇出

无数的雨滴　　雨滴在下落中不断地蒸发

可一滴　　也落不到东街上

雨滴　　依然还在下落

依然还在　　一滴一滴不断地蒸发

多么像一个妈妈　　痛心疾首地

把体内积压的　　忧伤和不安

一一蒸发了　　卸在经过

很多人的　　你儿子的心上

水流走了　岸还在

每当想起了你的时候　　墨菊花瓣

就纷纷扬扬地　　落满了东街

二〇一一年十二月
《诗探索》年度诗选
二〇一二年六月
《星星》诗歌半月刊
二〇一二年十月二十日
青岛第一海水浴场再修改

父　亲（组诗）

一九四九年

滥港桥下　　弯弯曲曲的

一条乡村黄泥小路　　像姜家居爷爷

搓出的草绳　　牵出几声零七八碎的狗叫

被你　　别在腰际一支二十响的驳壳枪噎住了

一九六九年

你进了城　　与金沙镇蔬菜二大队的邱支书

曾经不计较　　蜡烛火苗的照耀

希望　　幸福的亮度

就是呀　　能够相互望到

当你和他灌下了半坛黄酒　　像肚子里

落入了一个太阳　　让一团火焰旋转着不停地燃烧

一九八九年

你是一棵大树　　占领了天空

占领了水下的倒影　　一种独自裁断的个性

影响了　　树枝树叶发育期的情绪

你用一根线放长了五十年　　放飞风筝

遥控着方向　　遥控一个个儿女的前面的路程

　　　　二〇〇九年

你已经无法回到从前了　　却着迷地

将清癯的相貌　　一再搪塞到镜子里勉强敷衍

那我们眼睛里的你　　在镜子里

就形成了倒过来的人像　　反射的还有

你的目光　　像一道闪电一下子打通了天堂的道路

故乡的天空咬紧了牙关　　但没有

减轻十多里　　清凌凌的滥港河水的痛感

　　　　　　　　　　二〇一二年十月二十四日

　　　　　　　　　　　泰山玉皇顶再修改

天池　　停靠了一艘样子疲倦的船

请原谅　　乌鲁木齐头顶上的一只乌鸦
疯子一样叫唤　　像丢了什么

像丢了妈妈　　像丢了一面打碎的镜子散落一地
不再有完整的日子　　不再有心急火燎
也不再有　　可以奔赴的远大前程

你只能梦里只身赶到西北边陲　　一只布谷鸟儿
洪亮而凄凉的叫声　　布　　谷　　布　　谷
四声一度　　沉陷在天池里
似乎　　可以共同奔赴天池的梦境呢
却是一种如此浩浩荡荡　　一种字里行间迟到的抵达

新疆好客的热情　　竟然这么不一样
一群手舞足蹈的维吾尔少女　　一层一层的
先围拢了你　　又围拢了大姨妈

而妈妈　　你心里却扯出了
隐藏着的乌云　　一团破破烂烂的棉絮
这些每一件陈年往事　　都曾经
让五总四姨妈受伤　　怪你时常举着一盏红灯笼

将黑暗驱赶　　却把黑暗赶到了自己的心里

天池　　停靠了一艘样子疲倦的船

装载过重的　　把船身

压得很低　　妈妈你属于一张帆

只是为了承受风雨　　和一生一世的苦难

常常和弟弟　　做一样的梦

端来了　　试好水温的洗脚水

你却抽筋似地　　抽回了自己的脚

妈妈你像一台古筝　　只是为了

别人的心灵荒地潺潺作响　　让我听得心软

让我　　听落叶落花呀都是一番禅意

你纵然心底长出了一片一片的长江　　也难以

熄灭父亲已烧得火红的　　白眼仁里的

一堆炭火　　竟然喷发出轻蔑

萤火虫胆小　　只有悄悄地爬到

我的梦里一闪一闪　　让黑夜露出了破绽

我用擦完眼泪的手　　去擦

镜框里的妈妈　　你的眼角有些潮湿

我知道　　我再这么没日没夜地瞧下去

你终将成为传说　　化身一棵

天池独一的　　古榆树

可是　　那一只乌鸦疯子般的身影

如果坚持在天池徘徊　　不停地叫唤

妈妈你就会不顾一切地扑过来　　和我相认

二〇一三年五月十一日

新疆天池再修改

二〇一七年八月

《北方文学》月刊

留给人们回味的空间

——论《滥港桥下水在涨》

爸爸在最具分量的诗歌杂志《诗刊》上发表的作品《滥港桥下水在涨》，充满着乡音乡情的童年回忆，是一个人记忆中最美丽的风景，也是诗歌中最常见的题材之一。

《滥港桥下水在涨》这首诗短小精悍，情感的表达恰到好处，戛然而止的结尾令人回味无穷。

"滥港桥下水在涨／一群鱼儿赶紧抱住月亮。"

"桥下"开篇点题，介绍作者的家乡"滥港桥"，静态的画面中是缓缓涨高的水，真正赋予画面灵动色彩的是"一群鱼儿赶紧抱住月亮"这个生动的场景。

一群鱼和月亮本来是两个相距甚远的意象，但因为有了前面水的介绍，便有水到渠成之感，匠心独具之处可见一斑。

"回想随着哗哗的水声／流进了梦乡。"

这一段点出了创作的情境是"回想"，将当下的存在与诗歌的情景拉开了距离。

依然是"哗哗的水声"与前文照应，但这里的水不再是实体，而是"流进了梦乡"，现实与回忆便在潺潺流动的河水中融为一体了，然而我认为如果仅限于此，诗歌的意境还是太一般了。

"水面上／一朵渐渐飘远的芦花／系着对童年的记忆。"

妙就妙在诗人用一根"芦花"牵出了"对童年的记忆"，并且这里的"芦花"的状态是"渐渐飘远的"，童年悠远而绵长的记忆仿佛近在眼前，又好像渐行渐远。

"桥边伸出／一根细长的鱼竿／钓／久违的乡情。"

关于童年的回忆也许会远去，但永远不会褪色，于是诗人又在桥边设计了"一根细长的鱼竿"，一个"钓"的动作把诗人对乡情的追忆表达得相当传神。

就在读者细细品味、无限怀念之时，诗歌戛然而止，留给人们回味的空间。

言有尽而意无穷，好的诗歌就该是这样的，没有把话说满，没有把情抒完，而在读者的心中建构自己关于乡情和童年的梦。

我想这是顽强真情的另一种境界吧，诗人不是硬逼着读者跟着自己的情绪走，真情之所以顽强，是因为它宽容得把更多的空间留给了读者。

诗人在创作中成长，读者在阅读中成长，而诗歌是在诗人的创作与读者的感悟中成长。

姜春邻

二○○八年一月

江苏大学硕研班

俏皮美丽的爱情小调
——论《滥港桥路》

  《滥港桥路》，是一首俏皮美丽的爱情小调：诗人南边姜荣以极其优美、风趣、形象而富有表现力的语言委婉地表达出了青春对爱情的渴望。

  第一段写得干净凝练、灵动亮丽，借景抒情与合理的想象十分得当，且有几分欲擒故纵、欲言又止的留白，故有一种言有尽而意无穷的审美快感，同时非常高超地为下一段的深化做了极妙的铺垫：

  "风在减速 竹枝上的雨水越流越慢 / 慢的 和二虎子轻抿嘴唇的 / 一片南天竹叶一样 慢慢地发出 / 一声声清脆悠扬的暗号 慢慢地将春天的 / 发条一一拧紧。"

  光从第一段看，我们很难判断南边姜荣是在写青春和爱情，但一读到第二段，尤其是"小铃儿"的出现及"害羞"与"熟透"，恰到好处的一个比喻：

  "那月亮 还会赤脚过河 / 坐时光的滑梯回来 回眸之间 / 小铃儿退到一棵杏树儿后边 红了脸。"

  就这样把读者一下子带进了一个世外桃源，听到了一首极其俏皮美丽的爱情小调。

  由于南边姜荣善于运用以小见大、情景交融、形象生动的抒情手法，我们还没有读到诗的结尾，就早已被其充满情趣的诗歌意境牢牢地吸引住。

  特别是当我们读到最后一段时，又一次把我们从现实生活中带到了回忆那悠远而甜蜜的梦境里：

"小铃儿　　你时常走过的那一条滥港桥路／如同一只跟脚的看家狗　　嗅着／二虎子的身影　　走南闯北／将一个少年的梦　　咬出沉默的黑窟窿。"

最后这一自然段不仅是对整首诗很好的画龙点睛，而且因时间和空间跨度的长远宏阔、现实与梦境的无奈奇美，所以非常令人深思和向往。

南边姜荣的这一首诗无论内容、形式还是主题都达到了审美的一个极高层次。

海讯（彝族）
二〇〇九年八月十二日
四川凉山盐源县

少年情窦初开的别致场面

——论《滥港桥路》

《滥港桥路》，这首诗给人视觉强烈的冲击力和意趣性，也不乏哲理。诗人南边姜荣回忆起故乡的春天，少年情窦初开的别致场面：二虎子，轻抿嘴唇，将一片竹叶吹响了暗号，慢慢地将春天的发条拧紧。

春天，在滥港桥路，在小河边，少年吹响了竹叶，这里意趣性很强，用"暗号"这个意象符号，特别巧妙，字面看，就是听觉响声。

但从下面小铃儿的出现来看，确实是个伏笔的暗号。

这个暗号是约好的，还是一种莫名的冲动，我们无从得知，这就是诗语言暗含多意性的体现。

比喻独特而新颖，把对故乡的思念不是直接写出，而是把故乡的小路比喻为看家的狗。

乍读起来有点别扭，但我们也并不陌生，这里巧妙地用了直接通感的手法，走在故乡的小路，后面跟着家里的狗，是我们熟悉的，这里的诗艺写得非常艺术，正符合诗歌之道在于迂回。

"小铃儿　你时常走过的那一条滥港桥路／如同一只跟脚的看家狗　嗅着／二虎子的身影　走南闯北／将一个少年的梦　咬出沉默的黑窟窿。"

看似无意，其实有意，诗人南边姜荣始终在诗中有一个连接的意义轨迹。

你看，小路为走南闯北而设，狗为黑窟窿而设，层层推进，正好是"少年不知愁滋味"的美丽梦想，而今都成了看不见的窟窿，梦和窟窿这两个意象凸显诗人智慧，都是空的。

梦的空可待，有希望，而窟窿的空是绝望，彰显哲理。

这样的揭示我们每一个人都有体会。让我们融合了，产生共鸣了。这就是诗歌语言的创造，在诗人当时的作用下，语词的搭配有任意和幻想的性质。

比如，《再别康桥》，梦怎么可以寻找，船里怎么可以满载星辉，超出了我们的生活经验。这就是诗的高雅性在作祟，而进入幻想的另一种境界，就不难理解。

南边姜荣的这首诗写得确实好，《诗刊》发不发我不在意，我认为它是一首很有艺术和思想的好诗。

梦石
二〇一〇年十月
甘肃兰州

欲望与幻想构成的诗

——论《你是喜鹊往返鸟巢复制着幸福》

一九七九年一月正是寒冬季节。南边姜荣出差到海安县胡集镇，刚到，天空就飘起了纷纷扬扬的雪花，房屋、河流、树枝很快被装点成银白色。望着窗外飘落的白雪，不禁轻声喊道："啊，雪！可我心上的雪儿，你在哪里？"他触景生情，欲罢不能，索性摊开纸张，朦朦胧胧地写了一首欲望与幻想构成的诗。

雪儿是他恋爱中的人。雪儿出生的时候，正巧漫天飞雪，故小名直取"雪"，有晶莹剔透、纯洁质朴的意思。南边姜荣写这首诗的时候恰 26 岁，正值青春勃发、君子好逑的年华。可是就在不久前，雪儿婉拒了南边姜荣，使他感到孤独徘徊。窗外的这场雪，触动了他的心事。

此雪最相思。果然，诗的第一段开门见山写了雪儿。但此时的雪儿是"油画中"人，且被喻为"已经黯淡了的一条森林小路"。与其说写了雪儿，不如说雪儿就是如此的可望而不可及，透露出他自己内心的苦闷和彷徨。但"牵牛花"的一个"牵"字，揭示了心底欲望的火种没有熄灭，因为雪儿"一直让我着迷"，他渴望能听到雪儿"从前的一串串笑声"。

细读第二段，字里行间中流露出作者自然、深沉和含蓄之情。"我要把自己 / 一朵一朵雪花地 / 邮寄给教场河的春天"，教场河是雪儿家门口的一条河，这里代指雪儿的家。这一句有很大的思想包容量。

其一，"邮寄"两个字暗示他曾经将一封一封情书寄给雪儿，一封一封书信犹如一朵一朵雪花。其二，南边姜荣非常希望自己也成为一朵一朵雪花飘向雪儿家。"你走得更远一些 雪就会下得大一些 / 无声无息 下在了你的骨头缝里 / 下在 你的身体里血管里。"雪，在这里已不再单纯是引起思绪的媒介，而是自己情感的一种寄托。

他把自己幻化成雪，与真实的雪一起飘洒。雪儿越是远离，幻化的雪也就下得越大，即便化作水珠也渴望着爱。窗外的雪与幻化的雪在这里微妙地叠印在一起了，当然也有所不同：窗外的雪是寒冷的，但幻化的雪却有着生命的体温。这种体温最终要浸润她的骨头缝里、血管里。这里的雪具有多义性，故很有意蕴。

初读第三段，好像与雪关联不大，但因为有上面"雪"的铺垫，唢呐和喜鹊更有喜庆的味道。无声无息地雪与欢快的唢呐声、油画中的森林小路与喜鹊不断往返的鸟巢构成了强烈的对比，希冀幸福到来。

窗外的雪还不断下着，他当时美好的憧憬也只能说是一种幻想。但恰恰这种幻想给了他坚贞的向往和不懈的追求。

两年以后，南边姜荣的幻想变成了现实，与雪儿喜结连理。他怀着喜悦之情，又写了一篇《桑葚一颗一颗接力向着月亮奔跑》，诗的最后，他描写了雪儿："一滴泪珠 带着微热的体温 / 忽然落入金沙镇教场河 动情的水面。"雪儿对那年的那场雪以及作者以雪为引子写的诗歌做了一次深情的回应。

精神分析的创始人弗洛伊德认为，欲望是艺术的动力，幻想则是艺术的本性。

水流走了 岸还在

这首诗也许就符合了这个道理。作者写这首诗出于一种求爱的欲望，在写的过程中则充满了对爱的幻想。

必须注意，不能简单地、机械地把第一段和第二段看作写欲望，把第三段看作写幻想。幻想始于欲望，欲望生出幻想，欲望与幻想相伴相生、互依互存。对一首诗，应摈弃形而上学的解析。

张宏时
二〇一七年九月

别致的意象

——论《桑葚一颗颗接力向着月亮奔跑》

写诗往往离不开意象，因为意象本身是情思的装饰和诗美的印证。特别写爱情诗，意象用得好，能更准确地传情达意。譬如，常见的有红豆、莲、百合、梅子、鸳鸯、画眉等，许多诗人借助这些客观的物象，将抽象的情感变为带有质感的可见可触的艺术形象，留下许多脍炙人口的诗篇。

所以，写爱情诗，不用意象则已，用就要恰到好处、别出新意。这是对作者艺术功力的一种考验。

在读南边姜荣的《桑葚一颗颗接力向着月亮奔跑》这首诗之前，我们大概都不会想到桑葚在爱情诗中的妙用。听南边姜荣说，桑葚树是他儿时起就喜欢的一种树。每年当布谷鸟啼叫的时候，桑葚果一颗颗就挂在树头。起先是微红的，还带有淡淡的酸涩味，再过一些日子，桑葚果的颜色渐成大红，味道也甜起来，直到最后变成深红，那种入口独特的甜味令人难忘。

桑葚果也可酿酒，色泽红润，芳香扑鼻。桑葚的这一成熟过程与收获爱情有异曲同工之处，或者说它们内在逻辑是相通的。南边姜荣在桑葚果中咀嚼到了爱情的滋味，当他把爱情之水浇向桑葚的时候，桑葚就具有独特的艺术形象了。

法国著名雕塑家罗丹曾经说过："美是到处都有的，对于我们的眼睛，不是缺少美，而是缺少发现。"写诗又何尝不是如此呢？

南边姜荣发现了美，这种美来自自然，且发端于内心。把桑葚作为意象，准确找到了表达自己思想情愫的新鲜语境。

如果南边姜荣仍沿用别人已经用过的意象来写自己的爱情，难免索然寡味了。也许是这个原因，作者干脆把"桑葚一颗颗接力向着月亮奔跑"作为标题，以突出意象在该诗中的灵魂地位。

这首诗的成功之处不仅在于作者找到桑葚的意象，还在于对桑葚进一步做了艺术加工处理。

桑葚与月亮的"链接"，极大地拓展了诗意空间。月亮在诗中的作用不外乎衬托了桑葚、观照了桑葚。

依理来说，桑葚是果实，除了自然界的风可使它摇曳外，它是静止不动的，而月亮在天际缓缓移动，但是，作者把"静"与"动"做了互换：桑葚"动"起来了，桑葚一颗颗接力向着月亮奔跑，这难道不就是一种爱情长跑吗？

所有的感怀都在"奔跑"中酣畅淋漓地迸发出来了，那月亮干脆就成为"月老"，成为美满婚姻的见证者。

诗的后半部分，南边姜荣继而写了月亮"亮进了桑葚不安分的心"，写了月光下闺房的一切，写了月亮落下去之后第一缕阳光照到了草尖。通过这些笔触，月亮显得高贵而又动情，同时增强了诗的张力。

这首诗写于一九八一年，正是那一年，南边姜荣走向婚姻的神圣殿堂。在一定程度上，这首诗是他婚姻的"写真"。按诗意化的理解，他的婚姻犹如桑葚果酿成的美酒，芬芳而又醇醪。

看见过一些资料，有的人把意象分成几大类，这并没有什么不好，但只能作为参考，真正写诗的时候，尽量不要受它们的束缚。

人生世相的每一时每一境都是个别的、新鲜的、有趣的，这为诗的意象开发提供了新天地，关键在于要意识到它、捕捉到它。

这首诗的突出之处，就在于意象较为别致。有别致的意象，才有可能写出别具一格的诗。

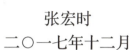

张宏时

二〇一七年十二月

新疆巴音布鲁克草原

论《第一辑　我一直描述不好滥港桥》

——同学们的评论

南通县实验小学同学：

《滥港桥下水在涨》写得确实好，结尾这一节我读了好多遍。《诗刊》《诗林》发表了，说明这是一首很有艺术和思想的好诗，是对这首诗的认可，我对编辑赞赏，他是个真编辑。

你的《我一直描述不好滥港桥》写得确实不一般，很纯正的诗歌，新颖、独到，具有视觉的强烈冲击力。

比喻独特而新颖，也不乏哲理，诗句生动形象，有神韵，彰显语言运用之娴熟，字里行间充满了诗情画意。

《滥港桥路》的小铃儿仿佛李清照笔下"和羞走，倚门回首，却把青梅嗅"的乡下娇羞的女伢儿，让读者疼爱。

这首诗显得非常轻盈，是橘黄色的。狗这个意象，形象又贴切，仿佛也被滥港桥路，一只跟脚的看家狗咬得痒痒的。

在被边缘化的生存状态里，还能够诗意地活着，果然，诗人心态仍然年轻，这就是南边姜荣的魅力所在吧。

《南边奶奶》（组诗），犹如凡·高画里的向日葵，色彩艳丽奔放，如焰火，几乎每行都是热情及诗意兼具的。

写乡下的南边奶奶："为我一棵焦虑的甜芦黍 / 你流水一样　竟让自己 / 从烈日炙烤的河岸上　蒸发殆尽。"

一幅浓淡适宜的水墨画，文字的描述具画面感。

跳跃的文采，一派生机盎然、非常吸引人的景象。

《滥港河笔记》（组诗），你写故事写得很美，十分喜欢这种诗性的描述。我们乡下就有听房的风俗，前两行实写，后两行虚拟，虚实结合得天衣无缝。诗写得确实好。

祝贺《水流走了　　岸还在》（组诗）14 首在《星星》诗刊 2012 年 12 月增刊"特别推荐"栏目发表。再读依旧趣味盎然，清新而灵动，那种气势表达得多么淋漓尽致呀。

《桑葚一颗颗接力向着月亮奔跑》，好诗，我一直找不到那种感觉。一首优美的恋歌，指代、借喻、思想、哲理、叙事都富有诗意，雪儿的形象楚楚动人。你诗的形式和视角都很特别，写满了甜蜜纯真，写满了值得珍藏一辈子的回忆。

是不是月亮将诗人的心事照得太敏感？同学南边姜荣很善于把握别人一刹那间的情绪波动。一直很纠结，请允许我想想。

读了《收到了蔡文琪和马平莉的信》，你是性情中人，又是非常热情、充满幻想的人，你的诗蕴藏着一般人难理解的含义。

我读你的诗，就要走进你的灵魂慢慢品方能理解。我不喜欢装，更不喜欢说假话不懂也装懂，我是很认真读你的诗、看你的作品的。晚安。

很难相信诗人不是一位后生，不是走动跳跃的青春少年，真喜欢诗人。诗人还有很多优点，让读诗的人去发现。

南通县中学初中同学：

《驼子》，永不屈服的驼子，有过饥肠辘辘而不堪回首的荒年，你有坚韧的立场，你有沉实厚重的分量。

《每当想起你的时候》（组诗），好诗，好诗，同学南边姜荣不是名人，我们要支持，我点了对一个诗人的支持。

写诗，将内心的响动刻录于纸上，写灵魂深处的隐痛。

《天池　停靠了一艘样子疲倦的船》，"我用擦完眼泪的手　去擦／镜框里的妈妈　你的眼角有些潮湿。"

说实话，这是一首诗意饱满、清新别致又很有特色的诗。寥寥几行字，殷殷慈母情，非常别致，独具匠心，这就是诗的点睛之笔。而诗歌章法贵在真情，静水流深终有源，深邃的思考，松弛的表达，你的诗有长进。

你诗歌的语言纯真、清新、经典、耐读，富有流动性，让我难以忘怀，让诗歌的光芒照耀你我。

多有情趣呀，这个过程让人享受，让人回味。诗的确好，咀嚼了之后更好。每一次读你的诗，都会有惊喜展现。走进你，会被如画的意境迷乱了脚步，走出你，动情的余音绕梁了，这就是你，佳作的魅力。

金沙中学首届高中同学：

听完你朗诵的《天池　停靠了一艘样子疲倦的船》，觉得诗写得很精彩，朗诵也有你的个性、你的风格。激情，完全是发自内心深处的。诗和朗诵都深深地打动了我。

呵呵，夸夸你为人热情，坚守道义，尊重别人，善解人意，充满了激情，你低调、你宽容、你豁达。

你乐观开朗，你腾云驾雾，你是奋斗者，也是勇敢者，你勤奋，你谦逊，你坚持目标，而始终充满阳光和活力已成为你的人格魅力。魅力来自丰富、内敛，由内而外地散发出一种诗人的气质，可敬、可交。

如果把创作过程以微信互动比作上课，你每一次回应老师都是认真的、高质量的，只要醒着就满怀热情。

思接千载，神游八荒。诗写得好，一听朗诵，更感到它的凄美的色彩和对心灵的冲击。我感到，你的诗观已由滥港河走向了世界。

老年人喜欢写一些古诗词之类的东西，五言七言四句八句的，其实，有些意象、意境、情思、情感，还是要靠新诗才能更好地表达的。新诗创作，天地广阔。

老师祝贺你：思接古今，情溢中外，点赞南边姜荣的诗意生活；工欲善其事，必先利其器；心有归期，不忘来路，至诚感通，方得始终。

你诗写得越来越好，《诗刊》选用，是最高档次的发表，学长祝贺你。你用诗的语言表达，史诗般的声音回荡上空，给人震撼、启迪。

江苏省商业学校同学：

我觉得，南边姜荣，你的诵读和表演，童子功哟，而读你在商校写的诗就必须有耐性，因为你的诗，许多是心灵的独白、人生的感悟，有些甚至是对生活的一种批判。

这在《天池　　停靠了一艘样子疲倦的船》中是十分明显的。而格言式的诗句在南边姜荣的诗作中俯拾皆是。

你的才华、你的智慧、你的成功是一种价值。

可以看出，南边姜荣你对诗歌的语言是颇有研究并操作得别具特色的。诗人如果没有这方面的艺术修养，是很难将诗写得如此空灵和朦胧、如此富有野性和激情的。

诗人感慨地描述从前的一幅幅水墨画：盐阜路、小桥、流水、垂柳、斜阳、古城门、芦苇、怀旧、激情、瘦西湖的梦幻、冬季日落的静谧、同学拉手、一切浪漫的情不自禁。

写得凝练、动容，大气而精彩，细节处又引人落泪。

喜欢你的《天池　停靠了一艘样子疲倦的船》，那么我的意思是说跟你写诗呢，还是跟你写诗发表，还是说是跟着你做朗读啊，还是做什么，我是这个意思。

可爱的诗人，可爱的境界 —— 丰富的安静，我的意思是将你比作一棵树，像空气一样理所当然，有落不完的叶子。

同学的骄傲呢，祝贺你再次在《诗刊》发表作品，也知道根据中国作协的要求统计你已在省级以上期刊发表诗歌 59 首 1 551 行，其中国家核心期刊《诗刊》8 首 125 行。

主体构思更多呈现诗性的一面，而细节叙述应追求独特感。望提高对语言的敏感度，保持洗练之风。

第二辑

战友的眼睛我也真是看醉了

轮唱和马陵山的风　　舔噬了女兵班的灯盏

一遍遍地　　灯火终于先后暗了下去

夜深了　　像黑洞洞的大窟窿

三个男兵班的红瓦屋　　一点点慢慢地陷了进去

....

关键词：

南京人民大会堂　　郑普生　　周元珍　　张一平

赖文良　　曹铭生　　韩东福　　徐莉　　文艺兵

张白珊　　宋晓东　　高继森　　刘凡　　宋新丽

毛泽东　　解秀梅　　宋桂馥　　李银锁　　赵欣欣

王丽　　李云生　　朴贞子　　南边姜荣　　龚雪

2014沈阳战友聚会　　王海峰　　杨群露　　苗再新

扬瑞山　　二〇二师宣传队　　汤旭　　刘艺　　泰山

郑普生偷学周元珍报幕

梦会让人飞　　梦会让人民大会堂大大小小的灯
扑簌簌地下雪　　郑普生你猫步走上舞台
偷学周元珍用纤亮的嗓子　　报幕

一声声特别怪异的腔调　　搭建一座妒忌的浮桥
没着落的黄雀　　将天空逐行填满了啼啭
玫瑰如果真的红了　　会被匿名带走

落日压弯了远处的树枝　　她满脸羞红地咬着嘴唇
将心存的好感风干　　当听到蜻蜓般的震颤
早已被人　　偷走没有守护好的心

倒映在玄武湖中的那一轮月亮　　只透出了
些许月光　　就让一个新兵蛋子周边的黑暗富足

一九七一年三月十三日
二○二师宣传队
南京人民大会堂汇报演出
二○○六年十二月
《星星》诗歌半月刊增刊

二〇二师宣传队留影南京中山陵

目光轻轻推远一些　　刚刚在

江苏饭店 305 房间的墙上　　和镜框里

静静地安放我的青春　　一九七一年三月

二十一日　　二〇二师宣传队留影南京中山陵

我们　　这些来自中国人民解放军二〇二师的

五十六个男兵女兵　　热热闹闹的

挤呀挤　　径直将三百九十二级台阶挤往了身后

径直将身子挤着排队　　争先恐后地排队

反被　　一级级台阶前呼后拥地送往高耸处

我们这些文艺兵　　作为一种命运

背影　　被孙中山在紫金山南麓望了很久

当时摄下这些片段　　为了把我们

集体缩小　　天空曾经缓缓地展开了几千公里

收藏　　就成为一小段鲜为人知的历史

比起信仰　　我们更喜欢神秘

张一平　　赖文良和曹铭生盘算商量

想一起把中山陵举起　　可是六十八军所有的战士

都加起来也不行　　至少是一个国家的力量

新兵韩东福　　属于常常耽心的洛阳小毛驴
常常耽心的仰天长吼　　把自己的苦胆运走了
常常一声一声挤进山缝　　别人总是以为被挤轧的
其实小韩　　坚持一步一步攀登中山陵
倒是断了的树枝抽出了新芽　　倒是因为中山陵这儿离春天最近

中山陵啊　　我是你的河　　你往那儿一站
一条河的记忆　　就都是你的身影

一九七一年三月二十一日
南京中山陵

中国人民解放军第六十八军二零二师宣传队

南京
中山陵 71.3.21.

徐莉　你是从泰山走下来的女兵

徐莉你那一天报考文艺兵　　竟然

下雨的时候也幸福　　雨下得有声有色

它落在东平湖是花朵　　打在树叶上是乐曲

水呀山呀看着不说一句话　　让风

轻轻地吹过荷花　　是容纳了你的年轻呢

可你说到了入伍那一天　　要泰山顶上的蜡梅

偏偏开了都不落　　树上的几只小喜鹊

来来往往的　　叽叽喳喳的话也要聊上三车

你月儿一般俏丽的眼神　　将新沂天空

沉睡已久的星星一一点亮　　唤起二〇二师

宣传队　　电影《英雄儿女》王芳原型的战友

对黑暗的稀罕　　属女兵班的林荫小路穿过月光时

落叶翻飞　　因为柔软呀显得永远没有尽头

一九七一年四月一日

新沂二〇二师礼堂首场演出

返航的海轮随从了张白珊

一块黄手绢　　和一段《琵琶行》
呼应着　　边飘动边害臊

返航的海轮随从了张白珊　　靠近了
山东半岛南岸的胶州湾　　靠近了码头
看守码头的夕阳　　也正被海风缓慢地吹落

漫天夕光　　经过天台山漂亮的薰衣草
从叶茎流露出　　淡紫的相思
它们　　竟然一个一个都还记得旧时的相识

当靠近码头的汽笛　　一声一声致命的鸣叫
经过云锦杜鹃　　那羞涩的身影
自树林中间　　自一千多米的高山顶上
执意　　弯弯曲曲地照射下来

一九七一年四月八日
徐州二〇四师巡回演出
二〇〇六年十二月
《星星》诗歌半月刊增刊

水流走了　岸还在

刘凡你一再说起那一次

二○二师舞台　　悬挂的大布幔
画了个天空　　远得像小毛驴的脚步
渐行渐远　　台下一千多个座位埋着记忆

刘凡你一再说起那一次　　爬上天桥装布景
布景上的杨柳树似乎被风反复吹过　　吹过风的一次次重量
吹过乌云的黑　　扔在了你从天桥摔下的身上
像一枚青田石印章　　狠狠地钤在舞台

也就是那一次　　你认出了戴假面具的人

男兵女兵　　骨头里的一堆堆火焰
在黑夜里愤愤不平　　燃烧着
你正是举着这一个火把　　缓慢地走过了自己

一九七一年六月九日
连云港守备一师巡回演出
二○一二年十二月
《星星》诗歌增刊特别推荐

赖文良你说如果上了珍宝岛

赖文良你说如果上了珍宝岛　　真要永别了
是骗人的　　泸州的未婚妻偏说不是的

不是的　　不是这样的
后来苏 T-62 式主战坦克　　成了
缴获来摆门面的　　凌乱的杂草缓缓地围向了马陵山
荒野向这匹战马涌起　　山岭匍匐在周围

不是的　　不是这样的
后来 115 毫米滑膛炮　　立于空中
仿佛君临天下　　轰隆隆的马蹄声轰隆隆地由远而近
山山岭岭　　绵延着六十多公里的震撼

你稀罕地说带色儿的小故事　　是在帮助
这些新兵蛋子　　把阴影从内心赶走

一九七一年六月十三日
日照县守备二师巡回演出

宋新丽几个旋子隐身帷幕了

一张舞蹈剧照　　压在玻璃台板下
也不知哪天开始褪色　　像一滴墨水着纸
困扰　　向周围缓慢地散开

宋新丽几个旋子隐身帷幕了　　可摄下旋的
身影模模糊糊的　　玻璃台板也被一下子旋得飘起来了
你的天空若塌下来　　谁和你一起承受

现在　　你是个喜欢怀旧的人
喜欢城墙外面的鞭炮声　　慢慢沉寂下来

沉寂下来　　你才觉得困得不行了
被允许　　靠在一位男兵左边的肩膀
只是靠心脏稍稍近一点儿　　只是暂时离开
这一个异常森严的世界一会儿　　确确实实一小会儿

一九七二年三月十三日
徐州空军十二师巡回演出

从来也没有看见毛泽东哭过

最辣的阳光被我捧在手掌之间　　捧在手掌

之间一张稀世照片　　中国人民志愿军

文艺工作者　　拥抱毛泽东

即使失去了儿子　　从来也没有看见毛泽东哭过

而泪流满面　　是被一位年轻女兵搂住脖子

大树小树惺惺相惜　　才有落不完的叶子

没有谁可以拥有你战场的资格　　所有志愿军女兵唯一

荣立一等功的　　二〇二师文艺兵解秀梅

电影《英雄儿女》王芳　　是你漂漂亮亮的化身

一九五二年秋　　领袖点的火

点燃了一支蜡烛　　你就是蜡烛搂着火

在瘦下去　　火光里周遭的林木任性地飘移着

一九七二年五月二十五日

徐州六十八军八一礼堂汇演

《红日》镀亮你心中深浅不一的沟渠

电影《红日》特写　　杨军（宋桂馥饰）
你被阿菊（张桂兰饰）眼巴巴地　　含泪盯住

咱爹被害时还从怀里掏出　　你留下的
已染上了血的纸币　　他沾血的手捂住了胸口
死死地　　抓紧了门框的样子
似乎　　还在坚守着什么

千里寻夫　　一直未曾哭过的妻子阿菊
你真不敢相信　　用刀子在她身上
竟然　　也刻不出一滴泪

妻子的泪水　　映出微山湖上将落未落的太阳
用剩下的阳光碎片　　镀亮你心中深浅不一的沟渠

你是一个时不时怀旧的　　部队电影演员
喜欢汲趵突泉水　　泡灵岩茶

喜欢面朝沂蒙山区　　一列火车呼啸而过
你一直沿着震颤的铁轨　　往回走

梦里头梦见　　孟良崮烽火台

在你心里狼烟四起　　你在重拍的彩色影片

《红日》中转身　　特写

你被阿菊（龚雪饰）　　又含泪盯住

再一次炮火纷飞　　再被未曾哭过的阿菊

用周身的体温　　用一个妻子的身子

实实在在地环抱一次　　你愿意就这样一动不动

你强忍着没有回头　　开始缓慢地往回想

你迷上了　　这缓慢地倒叙的爱

爱着　　你缓慢倒叙的一生

一九七二年五月二十九日

临沂二〇三师巡回演出

不教人在长篇小说《太行风云》里受诱惑

没有小角色　　只有小演员

斯坦尼斯拉夫斯基　　在字里行间说了又说

无就是有　　李银锁你教我走台步

走得多么艰辛　　万水千山被我一步一步

奇迹般地走台步　　走了出来

你还手把手地教我敲锣鼓　　锣鼓的一阵阵涛声

掀起一次次的高潮　　起伏如一座大海

一次次破碎　　又一次次地重归于好

但是你不教人变坏　　不教人在长篇小说

《太行风云》里受诱惑　　不添加

浪迹乡野的细节　　而太行村落有一棵榨木树

长得很倔　　个子不高　　有刺

看久了　　你的兵也一个个抽出了枝条

一九七三年四月五日

徐州坦克二师巡回演出

赵欣欣　　你背着自己的影子在天上飞

绵延起伏八百里的　　马陵山群峰

待在一起　　就是满足

唯一移动的　　是一双军中少女

漂漂亮亮的眼睛　　一直望到马陵山消失

赵欣欣　　你背着自己的影子在天上飞

像一只白天鹅亮光闪闪　　在天空

不动声色　　只是这率直的冒失

被一团团筋斗云粘住　　如同

一张巨大的网　　会永久地

结在　　苗再新的心上

手上有一支笔　　苗苗

就有一副草木般　　隐忍的骨架

素描时　　唯恐有风

影子　　压垮了鸟儿的重量

但没有风　　赵欣欣你的每一个汗毛孔

都张开了嘴巴　　呼吸

让一场痛痛快快的豪雨　　把五脏六腑

尽兴地冲洗一遍　　让你的纤尘

飘落不留一痕　　你

自然会选择　　双脚离地飞了起来

可是你给别人打追光灯　　却也在心里

点燃了一支蜡烛　　亮过了自己

当轻轻赞美　　这小小的烛火

就把夜空　　抬高了

看上去黑夜　　也让你幸福极了

看上去　　部队这个表情凝重的世界

分分秒秒　　都在

这火苗上不由自主地　　起伏

此时　　心动的一滴泪水

竟然令一段故事的　　字里行间

获得了　　甜蜜的汪洋

赵欣欣　　你的心跳加快了

害羞得不说一句话　　却

不敢像黄河决堤　　一个个巨浪

漫过了堤坝　　失去一个女兵的尊严

哪怕被一幅素描　　带走的

仅仅是你　　一小把内心防护大堤的泥土

可苗苗　　旁若无人

抓住了你的小手　　就再也不放

像一幅旧照片　　一个放大了的问号

洛阳牡丹一绽开　　为什么

就达到了　　视野辽阔

苗再新　　唯有动用时光了

才能把日夜奔流不休的沂河　　缓慢地植下

植下　　那一个将熄未熄的落日

却　　依然疲惫地

不知所终地　　燃烧着

一九七四年十二月三十一日
山东临沂孟良崮

一个跳芭蕾舞的女兵叫王丽

王丽　　我又一次想起了你　　在二〇二师

宣传队　　你喜欢芭蕾舞中的白天鹅

试一试扩胸动作　　爱就比黄河辽阔还要辽阔

你喜欢　　那么全神贯注地伸长脖颈

引吭高歌　　消隐了马陵山

千百年的寂寥　　划过黑夜的军营

曙光从你背上缓缓地抖落　　铺满了大地

可我　　还是想起了荒山野地

焚烧枯草时的一片野火

火舌舔着黑夜　　也舔着隐身在

黑暗里的人　　这才看见恶魔罗特巴尔德

唆使女儿　　变成了白天鹅奥杰塔　　一路狂笑而去

不是你掀风作浪　　却被人推出站在风口

如同海浪一次次被撞碎　　一次次

破镜重圆　　只有海堤一次次感受到疼痛是真实的

是从一个人的骨头上　　敲打出来的

你站在舞台中央　　安静地体验角色

脚尖点地　　像你打的追光灯

一个场面聚焦　　世界是一潭冰冷的河水

你就是　　冻僵于一九七五年初的一只白天鹅

只是你那一件心爱的女式军装　　还吊在

门后的铁钉上　　像挂在

尘世的一只水蜜桃　　压弯的

只是战友们　　其实并不坚强的枝条

也就是这一年的冬天　　你祥林嫂一样

敲打着身体里的　　那一口锈迹斑斑的大钟

一下又一下　　直到把自己

敲打成　　空荡荡的一座破寺庙

一九七五年二月十日

徐州六十八军游泳馆

二〇一二年十二月

《星星》诗歌增刊特别推荐

李云生你就是一把开弓的京胡（组诗）

弓 的 模 样

尹升山指挥长影乐团　　幻觉乐队首席

变身二〇二师宣传队李云生　　支起了胡琴

调试的弦绷紧了　　在天空的尽头或膨胀或翱翔

李云生你就是一把开弓的京胡　　你左手要

长在琴上　　右手血脉里的血要流入弓里

你缓操琴弓　　你指揉细弦　　你忽而倾身俯耳

你忽而昂首仰醉　　你的琴声似乎是断断续续哼出来的人声

你把身子弯成了弓的模样　　就要将自己射向海域

一群海鸥　　交替地咿咿呀呀轮唱

当哼完　　多声部的渔歌号子　　大海高亢起来

弓 法 像 枯 笔

你持久地拉出了抖弓碎弓　　陷入困境

或沉思　　你弓法像书法中的枯笔

劲健断续　　诉说海滩上捡了又被丢了的蛙螺

内心控制着上潮的压力　　磨出了云朵

缓慢移动的声音　　仿佛一僧一道坐化成黄沙

大海就是闭起双眼   也会泪流不止

悠然的跳弓声

风吹来时   也吹来你悠然的跳弓声

既不怨恨也不喜欢   你只是

在琴声中静静地害着病   仿佛

托举的一盏灯   在礁石上不慌不忙地亮着

你尤其擅长的西皮流水   一阵一阵心慌慌

像盐藏匿在海水里   海水里

流过了沙滩   月光忍住了疼痛

奔波   一枚圣水贝死于湛蓝的记忆

一九七五年四月二十二日

长春电影制片厂交响乐团

慰问吉林西阳 81272 部队

二○一二年十二月

《星星》诗歌增刊特别推荐

朴贞子（组诗）

——记朝鲜平壤电影制片厂演员

紫蝴蝶

你是被金刚山和鸭绿江　　朝鲜姊妹们

共同确认的　　没有浪漫主义情调

就不好好飞翔的　　一只紫蝴蝶

双翅不顾风的善意劝阻　　掠过

三千三百多个岛屿　　飞抵中国东北认证

在解放军野营的　　下营屯

在南边姜荣　　一个梦的边境停下

阿里郎

你陶醉地眯缝着眼睛　　民谣

可以唱得更好呢　　仿佛

阿里郎哥哥　　是被一阵又一阵

大风　　推来推去推到眼前

又推到了对面　　像不肯拆散的月光

被风吹落　　又被风吹起

弄得栅栏窸窸窣窣碎响　　却让你难以辨析

长鼓舞

随着你击打长鼓的节奏　　扛手伸肩

随着你高腰飘逸的雪纺长裙　　整个木屋

也俏皮可爱的　　不停地回旋起来

炕桌上罚酒的铜碗　　盛满了

煮热的米酒　　猜对一句朝鲜俚语并不难

看眼睛　　像小鹿干干净净的眼神

暖洋洋的　　一次次打在肌肤上

猛然涌起什么　　却醉眼微醺无话可说

或许为了道德感　　或许为了优雅

使一个解放军战士　　疏于防范

海分昆

海分昆　　就要出发的军号

吹了又吹　　吹得你那一双平时明亮

而又潮湿的眼瞳里　　暗淡无神

你是那样无助地凝视着　　下营屯的路口

你让我看到长白山上　　梨花绽放时

竭力抑制的羞涩　　你让我

第一次听到了　　冰雪覆盖的树枝断落在地

水流走了 岸还在

在鸟儿　经常出没的树间

一张罗网　已经悄悄　悄悄张起

下营屯

后来　下营屯有了心事

看一片　渐渐飘远的白桦树叶

正默默向着森林　潸然告别

宛如一粒暗黄的火种　在寒风里

久久不愿熄灭

一九七五年十二月二日
部队野营吉林舒兰县下营屯
二〇〇五年十二月二日
赠朴贞子赴韩再修改
二〇一二年十二月
《星星》诗歌增刊特别推荐

宋晓东编舞随高继森的琴声起伏

梦见　　宋晓东编舞随高继森的
琴声起伏　　暗地里模仿连云港一对东西连岛
它们偷偷地挨近　　在黑夜的中央入睡
是多么相爱　　此刻岛屿和海互换了

互换了　　镜子是可以替下夜色的
所有活在镜子里的肢体语言　　是把自己
放到对面的空间　　给对方战友
一次机会　　或者一生刻骨铭心的内视

招潮蟹　　凸出的一双眼睛
骨碌着几分狡黠　　今晚倘若那
经久不息的一阵阵涛声　　不是一次次
经过了你俩的心底　　其回声不会如此缠绵悠远

一九八〇年十月三日
金沙八鲜行

龚雪你缓步走到金沙花行桥边

黄昏里的老正街　　突然间就变得

明亮了些　　龚雪你缓步走到金沙花行桥边

桑葚　　就阵雨一样纷纷地落下

落在你的身上脸上　　洇开暗沉的紫红色

老街坊都说只有新娘子　　只有新娘子才会碰到的好运气

金沙　　变身电影《楚天风云》里的武汉

龚雪你就变身唐楚梅　　那个年头

你偏向于重拾羞涩　　低声静气地惯了

惯了的一双水汪汪的眼睛　　替代春风吆喝

山茶花　　山茶花　　不够坚强

你有节制地爱　　却无法节制地思念

曾经让你悄然脸红曾经让你心动　　但这个屋子里

已经没有了爱情　　孔继石加上一朵山茶花

即使关了门关了灯　　也没有爱情

一个字条一行字　　抵达纸上

纸就包住了　　一团熊熊燃烧的火

你一直沉浸在角色中　　而马车上的我

紧紧挨着　　新婚的妻子和刚刚

怀上的女伢儿　　一起扮演你的老邻居

我一再暗示执行导演卢萍　　导演龚雪吃刀鱼

导演我怎么样表演　　尽地主之谊的

你先领会了　　娇嗔地指了指花行桥下

那体态轻盈的一轮新月儿　　竟然熠熠发光

马车带走了你　　带走了我眼中的

全部黑暗　　带不走的是一小段的记忆碎片

一个舞步一个侧身　　撩起

衣襟　　将乳汁喂进伤员嘴里的画面

成为支撑整个部队门庭　　最感人的部分

你不信黄浦江　　可以洗得尽人间的烟火

偶尔在上海外滩发呆　　燃一炷香

神龛那儿　　白烟正徐徐涨开

　　　　　　　　一九八一年十二月三日
　　　　　　　　金沙花行桥

被梦到的战友你会有感应么（交响诗）

梦到巡回演出

沈阳故宫的一些草木　　制造了风声

吹薄了我的梦　　隐隐约约

传来了　　一阵阵二〇二师宣传队

巡回演出的集结号　　它的气势雄浑激越

让一条长长的沈阳路　　无法抑制

在沿街的一棵棵油松树下　　第一次任性地飘扬着

在沈阳　　在泰瑞嘉酒店　　像走失的羊

一片咩声　　结成一块叫母语的痂

独自走得过久了　　会被幻觉

带走我的梦　　带走我们四十年所有的原型

赵欣欣一再忍住泪　　让我认人

我抱紧了郑普生颤抖的身子　　迷离的

一双眸子　　不停地打量不停地猜疑

你是　　鬼剃头王海峰

心儿　　却像十五个木桶打水

七上八下的　　似有另外的事物在飞奔

梦到朝鲜

梦到朝鲜　　王海峰紧挨着柳树蹲下

不停地说那一位朝鲜姑娘　　米依一波优

真漂亮　　她抬起头来清澈的目光　　干干净净的

幻想朝鲜姑娘　　变身一只飞龙鸟飞来飞去

有意栖息在松桦树上　　和人遥相对望

一双眼睛里奔走的鸭绿江　　用目光

将新义州　　缓慢地浮出了水面

幻想在金达莱饭店多久　　鸟儿就站了多久

在美面前　　鸟类和人类有一样的瞳孔

过了鸭绿江大桥　　天就黑了

海峰每说完一句话　　天就更黑一点

只有那星星　　在我的眼里一点点亮起来

梦到青岛

梦到青岛　　平度路 22 号的

永安大戏院　　张白珊和李会宁

琵琶小提琴二重奏　　《孤雁难鸣》

二玉相碰　　发出了交换的悦耳碰击声

不能　　不能承受生命之轻的

是两棵向日葵　　面庞低垂

一定有异常的东西　　灌进了头颅

而在季节深处　　枯萎的部分

我只能　　借海鸥一双无比兴奋的翅膀

任凭浪漫主义　　或翱翔　　或想象着补偿

梦到济南　　梦到泰安

梦到济南的杨群露　　看望泰安的

女兵班班长　　快人快语的徐莉却哽咽了

假装　　用祖传的木格窗户

装裱泰山日出　　太阳的光线

沿着湿润的青藤　　一缕缕地上下奔突

翻开了战友的档案　　虽内容排列有所不同

却都是从井中　　缓缓汲水的辘轳

是从黑暗中　　提升太阳的

梦到郑州　　梦到洛阳

梦到郑州宋新丽　　随一条故作扭捏的山路

急赶慢赶　　在龙门石窟停了下来

赵欣欣借奉先寺为背景　　和宋晓东

改编盘鼓舞　　叫唤扬玉萍　　施雪琴　　王志琼

意思军营里的牡丹花　　可不按顺序绽放

像呼吸　　像咳嗽　　来自于你们的体内

你们把花影　　你们把嬉笑

一次次投给开元湖　　绿色的喧哗

打湿了韩东福　　郑普生　　高继森好奇的眼睛

梦到荆州

梦到荆州　　梦到益兵你消失了

你说你不愿停止遥望　　作别才说出了

一段战友的情愫　　我懂你　　像懂自己一样深刻

从回忆的枝头　　走失的是悬铃木花

熄灭的　　是内心的灯盏

但是　　在春天你曾点亮过

一千盏灯　　尝试过一千种开放的姿势

四十多年前　　两行挨近的大小脚印

在连云港海滩的印象里　　已经很模糊

好在沂河绕过了军营　　风儿

将你们　　偷偷摸摸拉手的

彩色底版　　按在一河清水里缓慢地复印了

梦到南通

梦到南通更俗剧院　　我和刘凡并肩作战

跟总政歌舞团三位战友　　夸张地比划

一次又一次飞夺泸定桥　　让一九三五年五月

二十五日的阳光　　直接照在

我俩的脸上　　闪耀着光泽

才知道　　已经有了泸定桥铁索的成分

似乎　　不见逆风而飞的鹰

一座狼山　　会失望很久

梦到新沂营房

梦到新沂营房　　一支旋律正松开自己

在沂河在飞雪中行走　　一切

都向　　《中国人民解放军进行曲》涌去

一切都在抖颤的鼻音里　　销魂

男兵女兵　　一个个在翻起的

军大衣领子背后　　微笑

身上的　　二百零六根骨头顽强

坚韧　　摸摸没有一根软骨

包括头颅骨　　躯干骨　　上肢骨和下肢骨

马陵山山脉平稳　　没有边界

像从心底冲出去的思念　　适合做梦

二〇一四年六月二十六日

沈阳泰瑞嘉酒店

画中人　　在想他的原型

苗再新　　你端起酒杯又放下

你猛然站起了身　　失去

和《雪狼突击队》　对视的勇气

你别过脸　　感到背后一阵一阵紧紧地颤动

往往凌晨三点　　画室

也是合成作战室　　你是画家也是将军

寥寥几笔　　起伏弯曲的那些线条

是对节奏和韵味的　　一种把握

未及深思你就已经变成　　想要得到的水墨

墨洇开了　　在纸上开始怀想被消磨了

军营的青春　　以后被熊熊燃烧的视网膜

以后　　被铁丝网刺痛的地平线

以后准备冲锋的冲锋号　　都可以在纸上怀想

本来　　雪狼突击队就有你的身影

只有你到过那里　　你慢慢地就和他们熟了

像他们举的枪　　或执的匕首

你喜欢和那些汗味儿混在一起　　挨近了

或抽烟交谈　　或掰手腕彼此消耗

然后交换了彼此的部分　　像雕刻石头一样

只需要运用减法　　石头渐渐地就活了

大多数落叶多么幸运　　像一群旧燕归巢

但总有一些叶片儿　　被风雪卷走

你满满的　　一杯红星二锅头

饮走失的身影　　饮松林中半隐半现的

一双羞涩的目光　　让你这些年以来长醉不醒

画景里的风　　把所有的光线吹得绕过了你

你一个虚体隐身　　匆匆回到了画中

被颜色和线条缓慢地　　改变

二〇一六年十月十日

北京丰台靛厂路三号北京宴

战友的眼睛我也真是看醉了

部队作曲家和从前作完曲一样　　杨瑞山

你满足的目光　　一下子穿过了我

孩童般　　诚实的慌乱

眼睛里的　　战友的眼睛我也真是看醉了

我喜欢　　盛大的轮唱《拼刺刀》

一声声灼灼的火　　一声声的刀光剑影

伴随无数次冲锋陷阵的号角　　刺刀

就是作战图上　　一个又一个红色的进攻箭头

轮唱和马陵山的风　　舔噬了女兵班的灯盏

一遍遍地　　灯火终于先后暗了下去

夜深了　　像黑洞洞的大窟窿

三个男兵班的红瓦屋　　一点点慢慢地陷了进去

没出息地躺在被窝里的我　　等你杨队长

摸摸我的头　　一阵阵父爱充满了一班的房屋

那手心里的体温　　因此在一夜间缓慢地释放缓慢地逼近了

四十多年　　找也要找到张家口

险峻陡峭的桑干河大峡谷　　一块神奇的灵石

潜伏几千年的黄色蛟龙　　二〇一六年

十月十二日　　在峡谷间腾挪跌宕

桌子上一株洛阳君子兰　　没有风

却会意地摇曳了一下　　风琴响了一下

你的手臂　　故意地动了一下

今天你的九个兵　　在你每一个站立的地方

都是痛点　　哎呀哎呀踩在你的灵魂上

以后的寂静　　是满天的星光

陪湖水啃噬堤坝的呜咽声　　太子湖

就是那噙在我眼睛里的一滴泪水　　夺眶而出

二〇一六年十月十二日

张家口市桥东区胜利工人村

我的回忆像今天泰山起雾

我的回忆像今天泰山起雾　　变得很有意思

翻开泛黄的日记　　翻到其中这一页

当年　　就活生生地来到了面前

断断续续返回到镜子里的片段　　兵妹妹

你整了一整无沿军帽　　来回踢腿

一个倒踢紫金冠　　吸腿翻身

跪转出了镜子　　与自己的影子结合

胸前的一支美国派克笔　　起起伏伏地若隐若现

后来费尽一生的力气　　搬动

另一座教堂　　压制着记忆里这一半的浮动

那几年　　排练节目必须个性独立

却形影不离　　一样的炉灶里的两块炭火

积蓄了足够的火焰　　和足够的沉默

像一轮月儿一样　　难得一回升起在你的小窗前

今天坐缆车上山　　就是为了和举着灯笼的

在我身上发现自己的兵妹妹　　相遇

水流走了　岸还在

你　　出奇地向五岳独尊石刻

径直走去　　有范儿地祈祷

弄得树和树情绪化了　　人格化了

树影　　重重叠叠在一起

或繁衍　　或守望

阳光慢慢地进入　　南天门的肚皮底下

给了一些温暖　　慢慢地一点一点又出来了

挪动的山坡　　慢慢地被迁移了

我偏爱五大夫松　　当年体内

穿过闪电受伤的一声尖叫　　结成了树疤

多么像　　兵妹妹你今天无法开口的嘴

二〇一九年五月二十六日
二〇二师文艺兵相约泰山

解放军目光中的姐姐朴贞子
——论《朴贞子（组诗）——记朝鲜平壤电影制片厂演员》

在上海外滩，读了南边姜荣的《朴贞子（组诗）——记朝鲜平壤电影制片厂演员》，我心绪难平，因为当年我见证了——解放军目光中的姐姐朴贞子。

记忆犹新，那是一九七五年十二月二日，中国人民解放军的一支小分队开赴林海雪原的吉林省舒兰县下营屯野营拉练。

初夜，南边姜荣好奇，推开了我家的栅栏，一眼就瞅见屋檐下悬挂的飞禽走兽，就知道这不是个寻常人家。

我的爸爸朴万植来自汉城，妈妈来自平壤，热情地、争先恐后地介绍了十六岁的女儿朴贞子，是我家的飞龙、紫貂、野参、夜明珠，是朝鲜平壤电影制片厂的小影星呢！

你是被金刚山和鸭绿江　朝鲜姊妹们／共同确认的　没有浪漫主义情调／就不好好飞翔的　一只紫蝴蝶　——紫蝴蝶

姐姐朴贞子带着少女的羞涩，推让、壮胆、试嗓，然后就哼起了朝鲜民谣"阿里郎"，哼着，哼着，优美的曲调、浓郁的风情，夹着朝鲜俚语打出的节拍，醉了。

阿里郎哥哥　是被一阵又一阵／大风　推来推去推到眼前／又推到了对面　像不肯拆散的月光　——阿里郎

解放军南边姜荣听得如痴如醉，不由自主地敲起了手中的铜碗，身子也跟着节奏抖动起来。

然后，也唱了一首新疆民歌："美丽的姑娘见过万万千，独有你最可爱，你像冲出朝霞的太阳，无比的新鲜，姑娘呀！"

最后的一个高音，有意拖了几拍，那是在等掌声呢。

歌一唱完，姐姐的手就捅我，意思不能停下来。

几碗酒下去，南边姜荣颇有些醉意了。

姐姐一见解放军竟然醉了，马上示意我再倒酒。

朴贞子则以甜甜的笑容、柔柔的身姿、几个漂亮的旋转、几个优美的抖肩，赢得了朴哲洙和小姐妹们的喝彩。

高潮是我的奶奶打起了手鼓，哼起了长鼓舞的调子，大家跟着下了炕跳起来了，感觉整个木屋，下营屯，都沸腾了。

随着你击打长鼓的节奏　　扛手伸肩 / 随着你高腰飘逸的雪纺长裙　　整个木屋 / 也俏皮可爱的　　不停地回旋起来

——长鼓舞

小憩。看照片，姐姐朴贞子指着一张在平壤金日成铜像前拍的照片，笑着告诉解放军南边姜荣：

那年自己才七岁，就被舅舅送到了平壤电影制片厂拍电影，而自己却任性，一边表演，一边调皮地悄悄走近摄影机，冷不防用围巾蒙住了镜头，像你们中国男人给新娘蒙上了盖头……

你是那样无助地凝视着　　下营屯的路口 / 你让我看到长白山上　　梨花绽放时 / 竭力抑制的羞涩　　你让我 / 第一次听到了　　冰雪覆盖的树枝断落在地

——海分昆

爸爸朴万植说要带朴贞子到南通来卖人参、开朝鲜面馆，爸爸不停地说，不停地比画，朴贞子的眼里含满了泪水……

而解放军南边姜荣涨红了脸，低着头，无语。

私下里塞给姐姐朴贞子一张《杜鹃山》柯湘的剧照，却被我突然举着，叫着喊着，和朴哲洙假装抢来夺去。

夜，已经很深了。

后来　　下营屯有了心事／看一片　　渐渐飘远的白桦树叶／正默默向着森林　　潸然告别／宛如一粒暗黄的火种　　在寒风里／久久不愿熄灭

　　　　　　　　　　　　　　　——下营屯

……

　　　　　　　　　　　　　　权奇顺
　　　　　　　　　　　二〇〇五年十二月二日
　　　　　　　　　　　　　　上海外滩

苗再新　你画中的赵欣欣
——论《赵欣欣　你背着自己的影子在天上飞》

一

和宣传队的战友们在师部礼堂前列队，先后迎送江苏、山东省春节拥军慰问团，省一级的歌舞、话剧、杂技、梆子、柳琴、京剧，让我们眼花缭乱，兴奋异常，搓起一个个雪团，相互塞进了脖子。

随登陆艇出海，爬在甲板上呕吐不止；六十八军会演的混声合唱，大家兴奋得集体跑了调；炊事班半夜里神秘地飘出狗肉香味，围着幼儿园微型学桌碰起了酒杯；而沂河沙滩豪雨如注，王丽被"闪电"击疯了。

围在一起召开班务会，而小树林里"一对红"正热情洋溢地促膝谈心，谈印象：徐莉相濡以沫，杨群露机智灵巧，韩东福滑稽幽默，李云生睿智聪慧，宋新丽清纯可爱，刘凡宽容忍让，王海峰激浊扬清，郑普生小坏大爱，南边姜荣默默无闻，高继森慢条斯理，张莲蒂任劳任怨，宋桂馥慈祥和蔼。

二

宣传队那些从洛阳、青岛、荆州、南通先后赶来的一批批学生，在师部招待所脱下了学生服，换上了心仪的绿色军装，匆匆集合在这个师级文艺团体的舞台上。

少女们亮相，一段舞蹈动作完毕后的一个短促停顿，然后缓缓摘下无檐军帽，盛装下的美丽像牡丹开放：只是不为碌碌无为而羞愧，只是不为虚度年华而悔恨。

宣传队的男兵女兵都喜欢起早抢笤帚扫院子，一个比一个早，甚至有人头晚就偷偷摸摸将笤帚藏在床头。而男兵们喜欢从卡车上侧身翻下，显示着燕子一样的矫健，和某个女兵眨眨眼，一溜小跑地去搬道具箱子了，来来回回，不知劳累。

上午练功，下午装台，黄昏里赶演出，晚上躲在被窝里想，要在部队这一块看不到尽处的画布上，倾泻他们火一样的华丽色彩，追求一种不求回报、终身付出的军人情怀。

尤其感兴趣的是，欣欣和宣传队的女兵们像济世的菩萨，有月光一样迷人的光芒，把天空中一朵朵漂亮的云朵，把徐州、枣庄、厉家寨、沂蒙山区老百姓纯朴的喊叫声，把空军机场、坦克阵地、海疆舰艇战士们热情的目光，全部罩住了。

三

记得欣欣为京剧样板戏《智取威虎山》打追灯，虽然装台安灯枯燥乏味，夏天还酷热难耐，有受不了的辛苦，有无法倾诉的压抑，但是欣欣甘愿像一只通体灼亮的火凤凰，照亮别人登上辉煌荣耀的台阶，也将自己融入了这一道靓丽的风景。

记得军用卡车像运载火炮一样拉着布景、道具，拉着欣欣和战友们，一次次驶向演出目的地，走过了微山湖、孟良崮、碾庄，走过了崎岖的沂蒙山水。

记得欣欣在默默模仿洛阳白牡丹，花瓣圆润素雅，纯种的气质内敛，在它小小的身体里，看得出用尽了全部的力量，释放出浓烈的香气，在苗苗的心间该是怎样的缭绕缠绵。

四

微信群聊：战友们气宇轩昂地走进了晋升官职的庆祝宴会，或者为人与人之间尔虞我诈而摔碎了心烦的酒杯。

微信群聊：战友们创业成功，为收获快乐而激动地引吭高歌，或者过日子屡屡遭遇磨难而走到思考的十字路口。

微信群聊：战友们拉着儿女的手欢天喜地主持他们的婚礼，或者回想一些懊恼的往事而抚摸历史上的旧照片。

欣欣一定会以变幻的舞姿，在战友们的视网膜里潮湿起来，脑海中会慢慢地浮现，站在二〇二师礼堂的舞台中央，禁不住热泪流下来……装灯的、调音响的、摄影的、叫唤的，忙成一团，一条红地毯正徐徐铺开：

欣欣款款地走过来，会心地一笑，眼睛里闪着激动的泪光，心头的一个火炬呀，点燃了一段激情的画外音：

苗再新　　唯有动用时光了

才能把日夜奔流不休的沂河　　缓慢地植下

植下　　那一个将熄未熄的落日

却　　依然疲惫地

不知所终地　　燃烧着

光生·小兵
二〇一四年六月十九日
沈阳战友聚会

诗性战士

——南边姜荣写战友

《郑普生偷学周元珍报幕》："一声声特别怪异的腔调／搭建一座妒忌的浮桥。"

郑普生你幽默，或许有点调皮，一些萌翻了的句子，引来哄堂大笑。也时常被身边的事感动得稀里哗啦，不会去掩饰自己内心的真实情感，是一个真性情的素养男。

《二〇二师宣传队留影南京中山陵》："目光轻轻推远一些／刚刚在江苏饭店305房间的墙上／和镜框里静静地安放我的青春。"

沉淀在岁月中的记忆，五十六张青春绽放的脸，背靠紫金山，遥望雨花台，在南京中山陵布满足迹的台阶上缅怀，留下了站立的身影向孙中山致意。

《徐莉　你是从泰山走下来的女兵》："你月儿一般俏丽的眼神将新沂天空／沉睡已久的星星一一点亮。"

你是泰山的女儿，踏过如诗如画的云海仙雾，领略红日怎样腾空而起，"会当凌绝顶，一览众山小"。

"属女兵班的林荫小路穿过月光时／落叶翻飞　因为柔软呀显得永远没有尽头。"

《返航的海轮随从了张白珊》，你弹琵琶和大海有关，你指如飞花，你时而温柔细腻，你时而震撼人心。

你依然有战士的豪迈，你依然义无反顾地坚持着自己的梦想，你依然像大海一样有色彩、有视觉冲击力。

《刘凡你一再说起那一次》："爬上天桥装布景／布景上的杨柳树似乎被风反复吹过　吹过风的一次次重量。"

吹过风的一次次重量，一个舞蹈王子的肢体语言。

《赖文良你说如果上了珍宝岛》："真要永别了／是骗人的　泸州的未婚妻偏说不是的。"

点点滴滴对我们新兵的呵护呀、宽容呀，当岁月老了，往事反而清晰了，惦记了，更加爱你了。

《宋新丽儿个旋子隐身帷幕了》："玻璃台板也被一下子旋得飘起来了／你的天空若塌下来　谁和你一起承受。"

漂亮的女战友，面如桃花，步步生莲。让战友、让幸福从一双双爱慕的眼神开始，一副副坚实温热的臂膀，盼着你来依靠，哪怕只有一小会儿。

《从来也没有看见毛泽东哭过》，却被朝鲜战场上的一等功臣，电影《英雄儿女》王芳的原型，咱们二〇二师宣传队的解秀梅，一个漂亮的年轻姑娘扑到了怀里，双手紧紧地搂住了领袖的脖子，相互情不自禁地泪流满面。

《红日镀亮你心中深浅不一的沟渠》："你强忍着没有回头　开始缓慢地往回想／你迷上了　这缓慢地倒叙的爱／爱着　你缓慢倒叙的一生。"

教导员宋桂馥，你一张帅气的脸上永远带着微笑，微笑的教诲，微笑的宽容，微笑的无私地给予。

在我们懵懂又青涩的时光里，你恰似红日镀亮我们心中深浅不一的沟渠。

《不教人在长篇小说〈太行风云〉里受诱惑》："而太行村落有一棵榨木树／长得很倔　个子不高　有刺／看久了　你的兵也一个个抽出了枝条。"

李银锁副科长，严厉的外表下有一颗柔软的心，你是二〇二师宣传队的守护者，爱兵，如爱掌上明珠。

《赵欣欣　你背着自己的影子在天上飞》："像一只白天鹅　亮光闪闪／在天空不动声色。""此时　心动的一滴泪水／竟然令一段故事的　字里行间／获得了　甜蜜的汪洋。"

赵欣欣，你不小心，被偷影子的人偷走了心。对世界而言你是一个人，对他而言你是他的整个世界。

《一个跳芭蕾舞的女兵叫王丽》："只是你那一件心爱的女式军装／还吊在　门后的铁钉上。"

战友，你红颜悴相思泪，美丽高傲的白天鹅，被黑夜吞噬，飞去了天国，战友们一个个心碎了……

为什么牵过你的手会随便就松开了，为什么你的微笑随风嵌在了岁月里，为什么你留下了一双红舞鞋的寂寞？

《李云生你就是一把开弓的京胡》（组诗）："你左手要／长在琴上　　右手血脉里的血要流入弓里。"

你不苟言笑，但一拉琴，即刻人琴互换。

《宋晓东编舞随高继森的琴声起伏》："模仿连云港一对东西连岛／它们偷偷地挨近　　在黑夜的中央入睡／是多么相爱　　此刻岛屿和海互换了。"

是梦呓，岛屿、海、情侣，此刻都是可以互换的。

《龚雪你缓步走到金沙花行桥边》："黄昏里的老正街　　突然间就变得／明亮了些　　龚雪你缓步走到金沙花行桥边／桑葚　　就阵雨一样纷纷地落下。"

龚雪，八十年代第一美女。我经常回想我们在一起的点点滴滴，你，字写得清秀，像人一样。熄灯号响过，我们躺在被窝里听你讲故事，直到眼睛都睁不开了。

我们吃大蒜，你会惊讶得张大嘴巴，好像已经辣到你了。野营拉练，你脚上的泡最大，却倔强地不肯上车，大家都喜欢你的善良，大家都喜欢你的随和。

后来你就飞走了，一直飞上了"金鸡""百花"影后的宝座。想你，念你，佩服你。

《被梦到的战友你会有感应么》（交响诗）：二〇一四年六月沈阳战友聚会，南边姜荣即兴构思的曾经做过的那些梦，梦里巡回演出到了一个个战友的家乡……

一段一段的梦，铺开了岁月的画卷，梳理这一路上的那些记忆，那些懵懂的情愫，那些痴痴的执念，在不经意闪过的片段里，流失在了刹那芳华间。

《画中人　在想他的原型》。

战友苗再新，你是当代知名画家。代表作中国画《雪狼突击队》荣获第十一届全国美展金奖。

"画景里的风　把所有的光线吹得绕过了你／你一个虚体隐身　匆匆回到了画中／被颜色和线条缓慢地　改变。"

《战友的眼睛我也真看醉了》："今天你的九个兵　在你每一个站立的地方／都是痛点　哎呀哎呀踩在你的灵魂上。"

因为个个喜欢杨瑞山。在你面前无拘无束，虽然你是优秀的部队作曲家，但从不担心你发火，因为知道你不舍得教训你的兵，就像不舍得教训你的孩子一样。

徐莉

二〇一八年五月十九日

无锡战友聚会

论《第二辑   战友的眼睛我也真是看醉了》

——战友们的评论

其实你写的诗，朗诵激情，给我们留下的印象最深，很难让人忘记。不一样的情愫，惦记无声，却很甘甜。

看到你写的诗，很感慨，你的精神头，那种激情，让我折服，让我敬佩。你有追求，潇潇洒洒，真好。

南边姜荣，我总是最后一个给你祝贺的人，我常看你精心创作的诗歌，非常留恋那短暂的相聚、交谈，你的激情、热情让我感动，有你这样的战友真好！

说心里话，我也喜欢青年时的我，单纯、直率、有毅力，唯有年轻时的回忆常使我感到欣慰。

你写战友，那种纯粹，是久违的纯粹，而记忆碎片是支撑你写战友的火种，不经意间就熠熠闪耀起来。　　　　　——赵欣欣

世间真正的奢侈品只有两种：诗歌和爱情。一旦拥有，除了享受那种沉沦般的惊喜，没有人愿意或者能够准确说出感受或见解，南边姜荣，你说呢？　　　　　　　　　　　——苗再新

你一九八一年就写出了这样鲜活的诗，实在难得："你一直沉浸在角色中　而马车上的我 / 紧紧挨着　新婚的妻子和刚刚 / 怀上的女伢儿　一起扮演你的老邻居 / 我一再暗示执行导演卢萍　导演龚雪吃刀鱼 / 导演我怎么样表演　尽地主之谊的。"希望你写战友

的诗保持洗练之风，提高对语言的敏感度。　　　——龚雪

你写战友的诗让我重新回到了激情燃烧的岁月，望增强语言的表现力，丰富诗性内涵及情感的燃烧感 。　　　——宋桂馥

你描述战友的故事，你跨越式的语言表达方式，总是带着朦胧的色彩，高深莫测，需要用心琢磨其中的韵味哟。　——宋新丽

其实创作就是与寂寞相守，劳筋骨，苦心智，在你有生命的作品中展露，生命行走着就是一种诗性的美好。　　　——杨瑞山

难忘沈阳，战友们听着你朗诵自己创作的《一个跳芭蕾舞的女兵叫王丽》，泪流满面，思绪万千。你丰富的想象力、潇洒别致的笔锋让战友们置身其中，心潮起伏。

你很特别，思维方式与众不同，好像埋没了什么，你有一股巨大的能量还没能发挥出来。看你的诗，听你的朗诵，会感动，会被你的激情感染，被你的毅力折服。

人可以无声无色，也可以有声有色，比起那些除了感慨还是感慨，一边享受一边抱怨的人来说，你就像一个旋转起来的陀螺，不停地抽打激励自己。　　　　　　　　　　　——徐莉

写文艺兵，写战友，写部队是一棵树，有落不完的叶子，你是我们二〇二师的诗性战士、战士诗人！　　　——李银锁

南边姜荣哥好！我不是个很喜欢热闹的人，这次战友聚会能见到你很高兴，你的朗诵《画中人 在想他的原型》充满激情，尽管普通话不标准，但是不影响你的表达。

南边姜荣每次回复都好有诗意。诗人辛苦了，好好休息一下，估计这些天灵感不少，然后可以落笔了。

别再转发朗诵的视频了，我读错了；感谢泰山之行一路照顾，以后常联系；刚下飞机，我是战友妹妹，不是导师。

真的非常好，充满了激情，虚虚实实给人很多联想，这样的梦好美。呵呵，估计你已经回到三十年前了。

忙碌一天打开这带着温度与回忆的诗篇《我的回忆像今天泰山起雾》，蹦跳着的背影忽然又清晰了，在诗里定格了……再想起二〇一九年五月二十六日二〇二师文艺兵相约泰山，呵呵，战友聚会真的美好啊！

哈哈！有画面感，好诗。笔耕不辍，充满对生活的感悟与热爱呢，如果想分享……到时候再说吧。　　　　　　——刘艺

《被梦到的战友你会有感应么》（交响诗），我读到了纯诗和激情，你的诗一定要让体验来自生命的深处！　　　　——徐永琛

你的跳跃性的思维和火山般的热情使我有了朝气，诗是你的第二个青春，晚到是福，可更加宁静、更加人性化。　——仇永池

知道你有情有义，坦荡干净，让我感慨万分。你的诗底蕴深厚，并且富有感情，是有温度的文字，我真心佩服，语言很安静，能够

得到安静的文字不易。　　　　　　　　　　　　——王海峰

你是战友中最重感情的，你真诚，你热情，尽管你当年无奈地离开宣传队，但从来没有一种坚持会被辜负。　　　——刘凡

南边姜荣的诗收集了生命中的暖与爱、温馨与感动、欢乐与欣喜，把曾经过往风干成浅浅的诗行。　　　　——杨群露

"一枚圣水贝死于湛蓝的记忆"，此句高妙。南边姜荣才十八岁，在二〇二师宣传队就是小诗人了。　　　　——周元珍

过去，我们共同碰上了那个时代，有那么一批人，受的委屈似乎让人没法活了，我也是压抑得受不了，决定走人。不愿回忆那个时期，却常常梦里回到部队……

我站在青岛栈桥，巨浪涌来，飞阁回澜，仿佛也拥有了浪漫的情调，你饱经沧桑，才会写出动人的诗篇。　　　　——张白珊

你的文字太煽情，心里酸酸的，战友呀，到沈阳，我要亲自为你敬上一杯美酒，以表我的敬仰之情！　　　　——扬玉萍

此刻车过黄河大桥，看远方九曲黄河婉转而来，不是雨季，水流缓缓，清波荡漾，无声无息。阳光照在河面上，水光一色，很是灿烂，恰似我此时的心境。

我望着黄河岸边一排排高大的白杨，想起远方的一棵在江边茁

壮成长的榕树，枝繁叶茂，迎风挺立，充满无限生机，像你奋斗不止，事业有成，又具有诗人的气质。　　　　　　　　——吕光生

噢，你爱穿军大衣，现在是诗人。很高兴看到战友的诗，诗很有质感，耐读。上次联系是我在杭州学画。

没有你，美国就变得不是那么亲了，森林就变得没有那么浪漫了，雷尼尔的雪山就没有那么晶莹了。我有了你，我就拥有快乐，我就从宣传队得到了最好的。疯吧，唱吧，我在美国祝福你，我爱你，战友！　　　　　　　　　　　　　　　　　——李爱军

你写《一个跳芭蕾舞的女兵叫王丽》，你对战友的热情犹如火山爆发般遏制不住，你用火热而华丽的文字、浪漫而激情澎湃的情怀畅述了你埋藏心底数十年的感动。

我渴望在战友聚会的舞台上，听南边姜荣你夹杂着方言、抑扬顿挫地朗诵。　　　　　　　　　　　　　　　　　　——高继森

祝贺"意识流"派诗人南边姜荣加入江苏省作家协会，得到了专家的认可。认可你的善良，认可你对生活的热爱，认可你持之以恒的努力，认可你像火一样的激情。

真情、实景、煽情、流泪！说什么好呢？这样下去啊，你我，战友们是要出事情的！

再修改之后更动人，推敲才出好诗呀。你是我们战友中的才子，又有着不同一般人的执着和勤奋，你一定会享受到不同一般的人生体验和快乐，我为你骄傲。　　　　　　　　　　　——郑普生

诗好，朗诵有气息处理的特色，情不自禁，表演投入，人物互换，具有很强的艺术感染力，专业，专业。　　　　——汤旭

你写的《从来也没有看见毛泽东哭过》，一个熟悉而难忘的场景将我们带回了遥远的记忆。诗歌的前三段平铺直叙，波澜不惊，不料笔锋一转，别出新意，却是震撼。

南边姜荣的语言简练，意象鲜明。　　　　　——徐凯

你的诗婉约而深沉，没有技巧，却如此动人。　——金赫

读了南边姜荣的《朴贞子——记朝鲜平壤电影制片厂演员》（组诗），才知道朴贞子也是白桦一样的诗性植物，眼睛里含有火种。

　　　　　　　　　　　　　　　　　　　　——冬花

诗歌语言在你的笔下如此活力迸射，呼之欲出的一个个战友，嗯，富有动感的精美文字。　　　　　　　　——姜小书

大连你来或不来，红酒都已打开，我也不知道说什么好了，反正醉在《宋晓东编舞随高继森的琴声起伏》里。　　——李静

南边姜荣写战友，我感到时空在不断地交错，过往和当下、现实和虚幻似一幕幕镜像在眼前闪回。　　　　　——王颖

第三辑

旅途延续了红都鞋城红都梦

说出游山玩水了　　说出今天景点的名字

贵阳黄果树大瀑布了　　是必然的

而一段手势舞　　旅途延续了红都鞋城红都梦

表演了　　不可以说出的秘密

....

关键词：

红都鞋城　南边姜荣　苗族　代猜　黄玉

黄祝萍　仇艳芳　莫高窟　古丽　维吾尔

戴红卫　撒拉族　青海湖　傣族　丽江古城

西双版纳　纳西族　胖金妹　篝火　康加鼓

黄鹤楼　兵马俑　渣滓洞　布达拉宫　磕长头

松赞干布　文成公主　卓玛央宗　九寨沟

旅途延续了红都鞋城红都梦

说出游山玩水了　　说出今天景点的名字

贵阳黄果树大瀑布了　　是必然的

而一段手势舞　　旅途延续了红都鞋城红都梦

表演了　　不可以说出的秘密

终于一块补丁　　炫耀在一个漏洞上了

炫耀一回电影蒙太奇了　　炫耀我南边姜荣了

终于扮演　　苗族的男孩子代猜

终于一遍又一遍　　弹起了古老的月琴了

一遍又一遍从体内取出苦难　　有长的苦难

也有短的苦难　　如果把它们连接

似乎就是红都鞋城的经历　　我的经历

下雨了　　我弹的琴声还在继续

从第一把雨伞开始　　雨声

便被吸引过来的雨伞　　逐渐放大

于是雨声喧哗　　却不一定是雨下得有多大

水流走了　岸还在

我还是我　　只是几个颤音在漂亮的妹子

帕代贵的心里　　抖了几下

可我　　扮演代猜的角色

必须坏坏的　　倒不一定具体为了什么

我说　　我不懂扮演的妹子

为啥一直保持沉默　　但我分明看到

妹子帕代贵　　沉默里的偷偷一笑

甚至脸红　　有时妹子脸红的脸

红过了一条玫瑰粉红色　　刺绣挑花头巾的颜色

篝火晚会延续到　　琴声替我的眼睛说话

河面上　　送不走的是一张白帆

边走边停　　它有孤单　　寂寞和哑语

以及　　被慢下来的呼吸

二〇一二年一月一日
贵阳黄果树大瀑布
二〇一二年十二月
《星星》诗歌增刊特别推荐

114

那一年的红都鞋城火了

黄玉爱吹老公　　因为那一年的红都鞋城火了

火了就和黄祝萍暗地里掰手腕　　吹得老公

像普贤菩萨的坐骑　　偷偷和苗族少女

抢头巾　　结恋情　　喝泉水定终生

可玉帝凌空飞出一把长剑　　六牙白象

长长地大吼一声　　跌进石头里

挣扎得似乎死去活来　　瘫痪在暗中

一条长长的漓江片刻痉挛后　　增高了几寸

即使这样　　黄玉也一直争口气地吹

被惯坏了的老公　　如同公子威风凛凛的

象鼻山一样　　当你眯着眼睛看山

山也就眯着眼睛看你　　直至在一面镜子中缓慢地消失

二〇一二年一月八日

桂林象鼻山

二〇一二年十二月

《星星》诗歌增刊特别推荐

仇艳芳　常常赞美红都鞋城几句

仇艳芳　常常赞美红都鞋城几句

一座心头上的城　你化身眼下的宁夏沙坡头

顺从地趴在　九曲黄河岸边

又　顺从地化身安寺的一只团鱼型木鱼

忘却了尘世喧嚣　忘却了心中烦恼

你从高庙的重楼叠阁　敲出的第一声

便失去了音迹　便毅然丢下了漫无边际的夜色

你顺从得心里难受　但你不守住

这个地方　凡人又到哪里寻找精神的故乡

你顺从地一敲再敲　就一下一下敲出了

内心的孤单　和对黄河的恐惧

二〇一三年五月二十日

宁夏回族自治区沙坡头

红都鞋城旧事就像莫高窟

游甘肃敦煌莫高窟的途中　　我想还是

不想红都鞋城旧事　　就像摘

还是不摘那些苦水玫瑰　　一切都由风来定

就像当年　　张大千一次又一次高高地举着油灯

从这里带走一些线条　　带走

还是不带走临摹的　　二百七十六幅

莫高窟壁画　　由张大千定

从前红都鞋城　　自在的是

想象不出来的诗行　　兴奋抑或伤脑筋

我都是最难完成的一句　　从此就难以结尾

仿佛三危山一样　　这个沙漠深处的

一座孤独高傲的陡坡　　在我眼里的一千多米

急剧升高　　常常令人发愁

那几年起步的红都鞋城　　就像一个莫高窟

一个风帆　　空灵灵的又胀鼓鼓的

胀满了航海的欲望　　像一个

古老的民族　　常常捂住了

山坡上的一道一道伤口　　暗地里滴血

从公元三百六十六年　　喜好云游的

乐尊和尚　　在崖壁上凿下了第一个石窟

直到那千佛洞　　多么像七百三十五个御林军

屏气　　一个个笔直笔直地站着

我眼前　　就不再看死了的标本

却是看活了的　　血脉畅通

呼吸匀停　　前呼后拥地向我走来

横跨了一千六百多年　　喧闹沸腾的大游行

如果生命能重新来一次　　该集合

那一场载歌载舞的原班人马　　该集合

乱呼呼的旌旗　　满耳轰鸣的锣鼓声嬉笑声

红都鞋城和莫高窟　　远隔千山万水对话

人世间的色彩　　一下子全然不顾地

喷射出来　　但又喷得一点儿

也不野　　舒展地纳入细细密密

流利的线条　　他和她们保持均匀地呼吸

脸上都挂着千年不枯　　吟笑和娇嗔

每一个场面　　每一个角落

都让我浑身燥热　　我只想双足腾空

紧紧跟着前边五百多名　　后边

四千多名散发着淡淡体香的　　美的一个个

令人窒息的敦煌美女　　扑簌簌地打开翅膀含笑飞天

莫高窟的钟声　　住在钟里面

红都鞋城的旧事　　住在自己身体的寺庙里

我站岗一样　　唯有将目光朝向西方净土

用尽了　　吃奶的力气

才保持住　　自画像模特的沉默

二〇一三年五月二十三日

甘肃敦煌莫高窟

水流走了 岸还在

莫非你是红都鞋城的古丽

莫非你是红都鞋城的古丽　　你笑

南方人　　分不清吐鲁番无核白葡萄和马奶子

你瞪眼咋舌　　巴郎子吃葡萄不吐葡萄皮

你罚我唱了三遍《大板城的姑娘》　　这才

愿意伴起了维吾尔舞蹈　　一根火柴

像一道闪电　　同时擦亮了你和我

可你别舞得太近　　你一阵手鼓的敲打

紧紧地扣住了我的心　　你只是偷偷回头

看一眼活在镜子里的自己　　一个款款转身

优雅地一下一下插入了对面空间　　一次多么深刻的内视

我是傻傻的　　还比不上你家的一只金毛狗

眼睛像灯亮在葡萄架下　　远远地照着

漫不经心的架势　　样子从容得让我感到了有些羞愧

二〇一三年五月二十六日

新疆吐鲁番

二〇一六年四月

《北方文学》月刊

多少年磨不灭对红都鞋城的印象

戴红卫的手指　　指了指天池玉盏

被周围的大山轮番举杯　　您饮的不是

普通的酒　　饮的是博格达峰积雪的影子

饮的是狍鹿　　在雪莲在野罂粟时常出没的影子

若是添加了一头岩羊　　缓慢地踏在

铁瓦寺青石路上　　踏出的破裂声

就像一次一次零零碎碎的劝慰　　多少年

磨不灭对红都鞋城的印象

红都鞋城　　早已化身一只老鹰

藏匿在身体里的翅膀　　在别人不经意的时候

内心　　依旧高傲地飞翔

二〇一三年五月二十八日

新疆天池

二〇一六年四月

《北方文学》月刊

你就是红都鞋城的阿里玛

你就是红都鞋城的阿里玛　　否则不会

扬着头走路的　　仿效青海湖断裂

又与山脉相链接的　　任凭二郎剑自南向北

毫不犹豫地插进了湖中　　琵琶声一次次考验你的耐心

一次次把月夜弹深了　　湖水一次次捧着梦境

缓缓地远去　　夏格尔山戴着一顶无檐白帽

落在怀中　　像种子进入了春天

撒拉族小伙子　　口弦和花儿对歌

都带颤音的　　送了一包茯茶两包冰糖

阿里玛你转身背着手　　就蹦蹦跳跳地跑远了

直至金银滩草原　　长出了

一对翅膀　　我是无法避开这一种场面了

青海湖　　也在感受蓝天的照应

二〇一三年六月二日
青海省青海湖
二〇一六年四月
《北方文学》月刊

黄玉你在红都鞋城演出

黄玉你在红都鞋城演出　　装扮了一回

傣族的女孩少哆哩　　多么像

一部老电影　　回放一些重要的片段

总是可以一遍遍　　重新来的

回放　　节目的一些细节

说梦里　　说梦里过了四月泼水节

傣家一步步跟着　　流水走

流水经过了傣家竹楼　　流水

经过了藏传佛教寺院中的白塔　　和风雨桥

水桶里漾着　　澜沧江边的杜鹃花

五片花瓣　　嫣红嫣红的

水桶里　　漾着一颗淡定的心

淡定的还有三眼井　　还有傣族的女孩子们

每往下压一次水　　月亮就出来一次

回放一次　　回放演出的道具

黄玉　　你老公得戴一副

金边的眼镜儿　　佯作个有文化的

猫多利　　才不爬树的

才混入了象脚鼓　　摆鼓甩鼓的

鼓点儿才一直敲得　　一直敲得四肢僵硬

一直敲得　　敲得同手同脚的

回放　　回放一部老电影

傍晚的勐巴拉娜西　　如同

一只漂流瓶　　装进了彩色的许愿砂

和小纸条浮在　　奔流的澜沧江上

或祈福　　或还愿

被平静的夜色　　再一次均分

二〇一三年六月六日

云南西双版纳

难道你为红都鞋城敲出暗号

阳光下闭眼　　想象纳西族胖金妹
你敲出了　　康加鼓非洲原木条纹的音色

难道你为红都鞋城敲出暗号　　难道一座古城随步履
缓慢的纳西人出发　　朝拜玉龙雪山
化身三朵天神　　骑白马穿白甲戴白盔
骑的白马　　骑的四方街　　一起威风凛凛

你一敲再敲　　就敲出了
五花石被马蹄　　深深地踩进了历史

四方街　　街头一间独屋紧紧地关着
月光缓缓地　　从窗口挤入
漫过了你的全身　　你的鼓点儿经过什么
什么　　就点燃了篝火

二〇一三年六月十一日
云南丽江古城四方街

墙壁上谁《题黄鹤楼》

黄鹤楼心存疑团　　为什么就这样住在佛经里

墙壁上谁《题黄鹤楼》　　字形狂放多变
笔势相连圆转　　墨迹向周围散开
如同武汉的旷野之夜一样　　黑得让灯嫉妒

氤氲了多少女孩子的眼睛　　看你自豪地沾上了
放纵的狂草个性　　一副坚不可摧的身架子
并没有因为风雨而骨折　　或钙化

受惊的一只鸽子扑翅飞出了飞檐　　也可能
有别的想不出的事物　　轻轻地掠过
为了　　取崔颢灵魂里的光芒
我深深地弯腰　　可以吗

二〇一二年十二月
《星星》诗歌增刊特别推荐
二〇一三年九月二十二日
武汉黄鹤楼再修改

和所有出征的兵马俑一样

秦始皇如此痛快如此尽兴　　浩浩荡荡地

率领一支兵马俑　　好像不开赴前线就别想停下来

目光　　和队伍中冷峻的跪俑相碰

你刚刚长成了树的样子　　就被几块蓝田岩石

在暗处用力夹击　　却醉醺醺地苍翠着

像婴儿为长力气　　咬疼了娘的干瘪的乳头

你在泥土的共同隐痛中　　悄然膨大

可怜　　这一方土壤也从来没有去过远方

娘懂你　　树根根藏着神秘的港湾

树梢梢替代了　　出海的桅杆

和所有出征的兵马俑一样　　这一次呀

娘　　情愿秦始皇真的将你带走

二〇一三年十一月一日

西安秦始皇兵马俑博物馆

二〇一四年十一月

《诗刊》上半月刊

一座赶路的渣滓洞

渣滓洞　　你是从歌乐山的骨缝里

缓缓淌出来的一滴水　　独守着深处的静

像一枚执拗的钉子　　钉在游人的眼瞳里

许多人试图拔起　　你疼着却不出声

这一细节　　在沿途灯笼的内心　　微微颤动

顽童一样的风　　吹动眼中蓄满的光芒

渣滓洞　　你一定会从山峰下去飞起来的

就像春风　　履行义务飞过了花朵

飞过天山飞过长白山　　飞过了中南海

此时此刻　　多少人听到了你

一座赶路的渣滓洞　　在天上跑步的声音

二〇一三年十一月五日

重庆渣滓洞

二〇一四年十一月

《诗刊》上半月刊

虚构我在须弥山磕长头的细节

那一次布达拉宫的撞钟声　　允许熊熊燃烧的
数千盏酥油灯走过　　允许文成公主
温柔的手　　被松赞干布牵着缓缓地走过

甚至于九九九间殿堂前　　一块突兀的
花岗石也被纵容　　沾上了文殊菩萨的威严

虚构我在须弥山磕长头的细节　　我向
释迦牟尼点头哈腰　　潮湿的影子
如同殷勤的雾团　　瞅着
山壁一道裂缝　　露出了轻蔑

沿岸的萤火虫　　散落的光芒闪闪烁烁
却因为　　一只苍鹰刚刚折断翅膀
垂头丧气的　　显得有些沉重

二〇一三年十一月十一日
西藏布达拉宫

水流走了　岸还在

被苍鹰擦深的雅鲁藏布大峡谷

卓玛央宗　你明如秋水的眼瞳中

映照着　被苍鹰擦深的雅鲁藏布大峡谷

反射出雪山冰川的忧郁　传来

一阵紧似一阵的叫喊　是多年前

一只幼鹰的回声　唯有被惦念的一位诗人听见

歇脚的　褐色老鹰在悄然梳爬整理羽毛

在平复心绪　一个漏风的鸟巢

像一段鲜活的记忆　漏出

些许清冷的月光

鹰一生都在别离和重逢　一道道

闪电的嘴巴频频张开　吞下了峭壁对垒

又撕裂而扭打在一起的影子　它暗示一棵大树

被拆了的阴凉　会把阳光一节节折短

二〇一三年十一月十七日

西藏雅鲁藏布大峡谷

二〇一六年四月

《北方文学》月刊

九寨沟　　我无法说出更多（组诗）

宝镜岩

日落　　黑暗带走了我视线中的宝镜岩

带走了所有镜中的　　九寨沟

仿佛从体内抽去些什么　　风从山的

各个缺口涌过来　　让天空

从心上缓慢地路过

诺日朗瀑布

扎西你在追赶卓玛　　在欢呼雀跃

在崖壁　　马蹄声由远而近了

落在岩石上的是　　激起一串串水花

只在　　卓玛的眼眸里出现

烟缸里堆满了　　烧成烟灰的几段回忆

昨天的诺日朗瀑布　　人声沸腾

已成了　　九寨沟一小杯隔夜的浓茶

珍珠滩

将落不落的月亮　　依然不知所终地

把钙化滩面上的粒粒珍珠　　照得亮晶晶的

像我愿意是蚂蚁　　驮了点什么

九万多平方米的珍珠滩　　才有了生命

我驮着驮着　　就驮到了一些旧事　　或内伤

五花海

从老虎嘴　　俯瞰五花海

那水草从黄色到蓝色　　相互错杂浸染

多了些扑朔迷离　　会像一粒桂花

在我的诗句　　在字里行间反反复复地香了许多年

卓玛走远了　　太阳落下了

水面上　　一直沉默不语的黑影子

如一条玉带缠绕　　才会回到栈桥本身

二〇一三年十一月二十二日
成都九寨沟

一个为诗歌而生而活的人
——论《那一年的红都鞋城火了》

不认识你南边姜荣，甚至不知道你的容貌年岁，对于你的了解，全凭博客里那些率真、自然、流畅的诗歌中感知出来。

在这么一个人浮于世、疲于奔命、心为所役的物欲横流的世界，南边姜荣，你却能耐得住寂寞，保持着充满青春欲望的诗性，展现自己的生活，放飞心中的梦想。

我与你在网上交流，你告诉我从前打工的位置在建设路三十四号红都鞋城，说那是一个卖力气的地方，却也是一个收获着精神食粮、一个有着梦境的地方，逼你写诗的。

二十世纪美国现代诗人史蒂文斯就曾说过：诗帮助人们生活。的确，因为有了诗歌，让你的生活变得有滋有味，因为有了诗歌，让你枯燥乏味的打工生活多了些姿彩。

你，南边姜荣，一个为诗歌而生而活的人，能充分驾驭任何题材的创作，不囿于地域，不囿于时空，也不囿于视听感观，你如同一朵变幻莫测的云。

读《那一年的红都鞋城火了》，诗中的苗族少女私下里"喝泉水定终生"，直白明了，不矫情、不造作，却在你潜心构造的布局里，扇动着异动翱翔的翅膀，多了些浪漫、灵动。

在意象中拒绝道理的陈述而化入哲思，在思中不留痕迹地从形象上出现哲理的情感内容，那才是诗所追求的理想境界。

那极富张力、极具想象的语言又一次让我触及，南边姜荣诗歌灵魂的内核、雄浑力度与意味隽永的创作风格。

喜欢读南边姜荣的《那一年的红都鞋城火了》。

强大的气场与不可思议的力量："可玉帝凌空飞出一把长剑　六牙白象／长长地大吼一声　跌进石头里／挣扎得似乎死去活来　瘫痪在暗中／一条长长的漓江片刻痉挛后　增高了几寸。"

你，一个为诗歌而生而活的人：你的诗整篇凝练简洁，没有玩技巧上的花样，完全是诗人心灵畅游时的自然流露。

你，一个为诗歌而生而活的人：你的那些长长短短的吟唱，你的那些或叙述抒情或写实升华，再一次印证了你骨子里的激情迸发与活力四射的诗性。

你，一个为诗歌而生而活的人：这是你又一次捕捉到了恰切的对应物，彰显出对美好生活的向往与热爱，也让我们感受到一个带着神奇与美丽的桂林山水。

总觉得你，南边姜荣，就是一个为诗歌而生而活的人。

沙滩上的鱼
二〇一二年九月二十六日

论《第三辑　旅途延续了红都鞋城红都梦》

——同事们的评论

你的凝聚力凝聚了所有的红都人，形成了红都精神、红都现象。明天被调走呀，就送你四个字：随遇而安。　　　——周通生

红都创意，脚下延伸。"红都现象" 1 800 多天，骇世惊俗地把内心深处的幸福渲染得淋漓尽致。这种"红都现象"、这种内心深处的幸福就是员工们纷纷议论的"共产主义初级阶段"。

《旅途延续了红都鞋城红都梦》，一个对生活敏感的人天生就是诗人，善于使用短语、排比，情感浓郁而克制，语气清新而典雅，加上优美的意象，充盈着少有的智性之美。　　　——黄玉

红都鞋城在激烈的行业竞争中勇立潮头，赢得了信赖，五年多演习了规模不大的"共产主义初级阶段"。　　　——杨水兰

现代诗能写得诗情画意不容易，南边姜荣做到了，我早就说过，你的现代诗是可以分镜头的，诗中有画。　　　——蒋云华

我是水手，你是船长，为到达彼岸，总要在你的领航下，迎战看得见的浪和看不见的涌。我说你仅仅用这些简单的句子，就让人心悸动，就可以触摸到红都鞋城的灵魂。　　　——蒋美玲

随诗入境，富有哲理，来你空间有股阳光的味道，清丽婉约。南边姜荣的诗歌美得让我遐想，让我喜欢。　　　　　——俞菲

红都创意，脚下延伸。而逆境中，那些伤害我们的人使我们认识了生活，使我们更加坚强、更加厚重，浮躁终归宁静。

诗是对人生的一种观望、一种磨砺的深沉阐述。一个名牌企业被拆迁，但人心顽强，是红都精神真实的写照。

你的诗很感人，再读便有不一样的感觉，更加赏心悦目。徘徊于你的鲜活文字间，有一种真情在呼唤。　　　　　——仇艳芳

红都现象，一个创业的故事，一段风雨的回声。跳跃的文采，令人神往，好一派红都鞋城往常的景象。　　　　　——黄祝萍

诗美，音律美，如涓涓溪流，富有流动性。　　　　——罗晓宇

欣赏你，万事皆能成诗呀。你握笔著述，是一种祈祷。你的诗歌始终在时间的深处，在生命的痛处。　　　　　——季红

读《旅途延续了红都鞋城红都梦》，回味您意境幽远的诗歌作品，您的诗优雅缠绵，富有创意，独特、新颖。

南边姜荣，欣赏您的为人，岁月的流逝磨不灭对您的尊敬。红都现象：无情的制度，有情的管理。　　　　　——戴红卫

终生不敢忘记我的救命恩人，教父式的诗人。

————曹淑群

复读《那一年的红都鞋城火了》，情节、情感交融，语调视觉上给人挤压之感。对红都鞋城的感悟及反思，通过诗的语言表达言外之意，意会出来的味道经久不绝，你做到了。

————沙建芳

南边姜荣，一直欣赏你富有动感的精美文字。

一种天然的直觉，不端架子、不摆弄姿态而自得诗人诗性地歌咏。丽江古城、四方街、康加鼓，多么丰富多彩的生活场面，有诗在心，永远年轻，诗意地生存。

又读《那一年的红都鞋城火了》，再次回到质朴表达的起点，并若有所思，洞悉一切都仍然是清新自然的。　————张宏雪

呵呵，欣赏您的《那一年的红都鞋城火了》。

绅士风度翩翩：因为你是高级的灵魂，因为你的生命充满激情，因为你在感悟人生，因为你用灵魂写诗。　　　————舞动的生命

你无奈才到了通州广场。我懂，你的心还在红都鞋城。而你写诗就是给自己插上了翅膀，你飞翔，你呐喊，似乎又回到了过去。

————马少成

嗯嗯，我的诗神。　　　　　　　　————纪芬

第四辑

一棵孤零零的树

斑头雁被一排排乌云押解

神情忧郁地尖叫了一声

让大风

有了缝隙

··

关键词：

一棵孤零零的树　二泉映月　长江　顺德仙泉

渔妹子　肥仔　老正街　老虎灶　印象黄山

担夫　情人谷　补丁　修鞋匠　实习女生　还有

黑太阳部落　双皮桥　庐山瀑布　血脉偾张

巴音布鲁克草原　喀什　新疆　托木尔大峡谷

胡杨　无人区　喀斯特五种地质地貌　石帽峡

女妖　五彩山　丰田红杉越野车　维吾尔古丽

一棵孤零零的树

斑头雁被一排排乌云押解

神情忧郁地尖叫了一声

让大风

有了缝隙

在天地之间

一棵孤零零的树

十分艰难地

把一道闪电举过了头顶

一九七七年九月一日
扬州盐阜路一号江苏省商业学校
二〇〇九年八月
《诗刊》上半月刊

又像拉起了太湖的衣角

胡琴重提二泉映月　　湖上的月光很旧了

唯有一匹跛马　　将速度慢了下来

慢得　　适合自己慢慢地聆听

琴声　　不断地飘落水中

推动着思念　　又像拉起了太湖的衣角

不时掩饰着内心　　一阵阵的惊慌

两根琴弦　　像与蓝天较劲的风筝

会把人逼疯的　　半途天空漏出一道闪电

灵山大佛迟疑地　　转过身去

湖面上　　突然静了下来

一棵棵葵花成熟了就飞向太阳　　替代阿炳

任盛开的野性　　沿三百多公里的太湖湖岸线肆意挥霍

一九九九年九月十一日

无锡太湖

142

江水冲不散的（组诗）

堤　　坝

阵风卷起了浪涛　　一页　　一页

翻看日历　　堤坝远远地站在日子的边缘

看一群女孩子　　嘻嘻哈哈的笑声

拨亮了　　江面上的清油灯火

不但令万里长江的视野生动　　而且

突然撞开了　　禁闭很久的胸口

否则　　你一颗平静的心

不会无端地纠结

你十分好奇　　眼看着一缕炊烟

站出来　　在肉眼看到和看不到的地方

代替了你出发　　或者抵达

遇险纪念塔

白帆缓缓地升起　　将船老大的日子

牵得紧紧的　　一只江鸥孤零零地飞过

一群江鸥飞过　　无意中

接受着　　长江一六六公里江面的依次送别

落日慢慢地蹲下　　察看风儿

吹得纪念塔嘴脸歪斜　　是谁用利刀片

在长江入海口　　切开了一道难以愈合的伤口

仿佛一根绳子　　缠住船老大

缠住你的肩膀缠住已经没有多少劲头的人　　留下了

持续不断挣扎的声音　　留下了越勒越紧的疼痛

起风了

起风了　　你透过红漆雕花的木楞窗

看见江边老杨树上的乌鸦窝

像一个返乡人的内心

空空荡荡的

形成错觉的是　　那空了的

乌鸦窝里　　被风吹着发出声声怪叫

让人听着心里很是发毛　　你

说不清　　起风了

给心情带来　　多大的影响

白　帆

一张白帆　　是女人

将你自己的身体　　全部掏空了

风儿一口气　　吹进了帆的内心

那白帆　　就有了精彩而独到的内容

你就和一个渔夫的命运　　联系到了一起

生怕落空的夕阳　　酸溜溜地不知所措

双脚　　仿佛铐上了一副铁镣

拖着步子　　越走越远

远得像过去

二〇〇〇年一月八日

南通长江入海口

二〇〇六年十二月

《星星》诗歌半月刊增刊

写生于顺德仙泉山庄

那一次顺德格兰仕微波炉　　国际会议

聚集了那么多国家的　　陌生人

迎宾的少女们　　只是一堆不知道为什么

闪烁的泡沫　　或用眼睛说话

或微笑　　迎接一批批临时的亲人

但这些嘴角上　　挂的风情万种

和我无关　　还不如以窗外的实物

或风景　　从头到脚素描

顺德仙泉山庄　　我懂得节制地爱你

犹如我　　放慢的目光

俊朗的木棉　　偷偷地牵着一棵散尾葵

身影一闪　　躲进了石缝里示意肝胆相照

叶子们一阵阵兴奋　　沙沙响起

想停　　也停不下来了

一串串紫藤花儿　　一口气

溜到临街的　　一道高墙

被阳光　　一下一下伸进了花萼

弯弯曲曲的温柔　　刺痛了它的梦

我感叹　　远走高飞的一群白鹭
飞成一行　　淡淡的烟

也喜欢楼上安静的　　那一扇扇
仿古雕花窗户　　自然的花纹慢慢地
陷入紫檀木　　惹人疼

她　　犹犹豫豫打开了
半边灰暗的窗户　　弄得水中的一轮月亮
辗转反侧　　心中慢慢地有事了

二〇〇一年三月二十八日
广东顺德容桂镇仙泉山庄
二〇〇六年十二月
《星星》诗歌半月刊增刊

一只海鸥执拗地叫唤

你活了　　珠海渔女

矗立着的　　一尊石刻雕像

你活了你活了　　一只海鸥执拗地叫唤

你活了　　身捐一张补过的渔网　　裤脚轻挽

一双手高高擎举　　一颗被还魂草唤醒了记忆的珍珠

在香炉湾畔　　你依然含羞答答不语

你活了　　你珠海渔女的身子

不由自主　　被抬送天空的一只海鸥

抬送到夜空的　　高处

你活了　　你看一眼澳门

就有一种　　从来说不出的快感

一只经常遇见自己的　　孤僻的海鸥

是一只让诗人　　想赞美的鸟

它绕圈子　　它绕的珠海渔女也喜欢

喊嗓子尖尖的　　渔鼓道情

当鸟儿懂得了　　喊得好听

叫得好听　　会因为天真更容易产生魅力

像一个　　会调情会愉悦的女人

那一只海鸥　　仿佛紧紧跟着珠海渔女

经过澳门排列的　　明朝

清朝前期　　清朝后期

以及　　一幢幢近代的欧式建筑

只是稍一停顿　　就径直闯入

肥仔内心的上空　　急速地宽阔起来

就是那一只海鸥　　带着月光里的

一群海鸥　　带着水草的清新

飞过　　一座座岛屿

那海鸥重复的叫唤声　　与每一年的

春风对酌　　它一生都在

推敲自己的良心　　把自己的

每一声叫唤　　都磨得如同一颗

海边的鹅卵石　　在三月里的细雨中闪闪发亮

没有人　　能够像一只海鸥那样执拗

让一条消失很久的　　情侣路

水流走了 岸还在

悄悄绕着花园　　独自

缓缓地延伸过来　　缓缓地

让海滨的一座野狸岛与石景山　　在夜空下对望

执拗的海鸥呀　　它死就死在

它的痴情　　它一旦离开了南海珠江口

它一旦离开了珠海渔女　　念想就变成了完美的标本

　　　　　　　　二○○一年三月三十一日

　　　　　　　　珠海市情侣路

　　　　　　　　二○○六年十二月

　　　　　　　　《星星》诗歌半月刊增刊

街头拾趣（组诗）

金丝雀

遇见谁　　都会轻而易举地指责一只金丝雀

依仗于主人　　维护自己的贵族血统

蹲在城市屋檐下　　和失去力量的葵花们一起

朝着太阳降落的地方　　垂下头颅

悼念的姿势　　记住了太阳消失的地方

就是　　一个卑贱的灵魂已经消失了方向

教场河　　波光粼粼远去

传说梁祝　　幻化成玉带凤蝶

倒映在河面上　　一前一后扑腾翅膀

扇动几枚彩色邮票　　要将自己一次次寄回故乡

那一刻　　春风点亮了樊笼里

被宠的美人　　一双妒火中烧的眼睛

对　联

心是笑的　　只是从眼角不经意露出的

一抹娇俏的喜色　　一副对联

为自己　　感动了大半天

按字音平仄　　字义的虚实

写成了对偶的语句　　结成对子

像两盏路灯在街头巷尾　　频频回望

你们相互扒开了自己的胸膛　　看见

在内心奔走的光芒　　仿佛

都以眼睛说着　　说着

情人之间　　彼此亲密的悄悄话

灯　　笼

街头大大小小的灯笼红红的　　你喜不自禁

你人见人爱　　你一种得意扬扬的样子

仿佛　　家家户户都返回到

西汉时期　　返回到两千多年前

两千多年前的　　正月十五的那一天

一想到和蜡烛点燃的缘分　　就浑身燥热

就在胸中　　掀起了一阵阵的波浪

烟　　花

烟花　　你是被什么撞开了

激情久违了的窗口　　穿透了一层层

初夜黑的　　刚刚透出了一片无垠的深蓝

一直伸向天边　　让这未解之谜的黑夜怎样的远去

这会儿　　点燃了的夜空

似乎　　被一个个翩翩起舞的少女替代

所有的火焰　　都有一番激情

而　　光芒却是孤独

孩子们　　还在那里手舞足蹈地张望

仿佛烟花也把他们清澈的目光　　送到了远方

二〇〇二年二月十二日

通州市老正街

二〇〇六年二月

《扬子江》诗刊

老正街

清晨　　石头街面上没有人影儿

像狼山高处的　　瞭望哨

陷入洞穴般的孤独

可是　　赶集的乡下人一到

坤爹的尖尖声

灰尘似的钻进了

茶馆的墙缝　　不停地颤抖

聒噪得老虎灶上的　　那个水壶里的水

沸腾起来　　试图摆脱

人来疯　　招惹是非的麻烦

黎明前　　紫砂茶壶的

盖儿上的一个眼儿

隐忍克制　　加深了它此刻的不动声色

小愣子一句口头禅　　从一生下来

就挂在嘴边的　　二奶奶

二奶奶　　连喊你三声

弄得街头巷尾

大人小孩都像一棵小草

跟着风　　殷勤地练习弯腰

一个个羊啮青草

同样把街上的春天　　嚼得津津有味

鹅卵石　　铺在黄泥路的记忆里了

它们也是候鸟　　它们迁徙的时候飞得真高

如同父辈们的背影一样　　高过了我的眺望

它们　　在一幅民俗画安详地蛰伏

一生的时光　　似乎也就那么

幸福地虚度了

二○○三年二月二日

通州市老正街

二○一二年十二月

《星星》诗歌增刊特别推荐

印象黄山（组诗）

竹子们

竹子们连连地喊　　连连地喊弯了腰

狐狸精　　狐狸精你出了一个

自以为是　　自以为是的馊主意

却被屯溪老街　　斜坡上的

一小撮阴风　　嗖嗖地嗖嗖地全部出卖了

束过腰的　　一大片竹子们

一个个纤纤出素手　　柔而有骨

编织竹林里的　　那一阵阵阴嗖嗖的风

偷听的姿势　　为记住虚构的场景

连理松

风大了一些　　始信峰挨近了连理松

它们久久地待在　　夜色里

树梢梢　　似乎手握住了对方的手

似乎　　趁势抚摸着　　心情该是很愉悦的

湖水　　将一对时起时落的白鹭

与连理松　　合成了一幅水墨人物画

山　雨

山雨引起了风与猿声的激荡　　游客

无从知晓　　唯有四月十三日的小草左顾右盼

向我们　　叙述惆怅的心绪

当秋风吹过　　它就要慢下来的后半生

云　海

继唐朝寒山子　　和明朝徐霞客之后

我想　　乘梦里的云海到此一游

只不过到了聚义崖　　我就会

卷起了发黄的线装书　　我就会以微醺的样子

故作姿态地摆弄着身段　　哼唱起来

就当壮游至此　　就当从长安出发

看着夕光　　一点一点地沉没

却再也没有力气　　跑出这幅山水画

担　夫

传说担夫登云梯百年成仙

那一天歇脚的时候

听松柏敲打着山崖反复地叮嘱

然后拍拍屁股上的泥土

挑起仿佛更沉的担子

一下子起身把山踩痛了

情人谷

在九水潭的天空里　　燃向黄山坡的

一朵朵蒲公英　　经不起风儿

轻轻一吹　　种子便落下孕育出新的生命

一对苍鹭一前一后　　有些羞涩

有时候溪涧边照照镜子　　似乎更加羞涩

可身影　　一旦飞进水里就难以抹去

情人谷　　你也有偷偷欣赏自己的时候

体内的爱怜　　在血液里相互致意

黄山松

生怕被顽童们认出　　你化身

一个指路的村妇轻舒水袖　　弄乱了

湖面上的涟漪　　在眼睛里一阵一阵荡漾

不知怎样的错开　　你的心儿

却走呀走呀　　跟着一面蓝色导游旗渐渐地走远了

飞来石

你就是落座珠峰之巅的一位仙翁

说书一样指点人生迷津

那仙山琼阁

鹤发童颜的身影

在一只猕猴的视网膜里潮湿起来

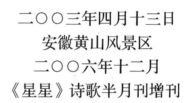

二〇〇三年四月十三日
安徽黄山风景区
二〇〇六年十二月
《星星》诗歌半月刊增刊

补　丁

濠东路二百五十八号监狱

对面的牢房

正亮着一支烟的火星

闪闪灭灭

一双亮亮的狐狸眼

穿过了两副漆黑的铁栅栏

直直地射过来

石窟寺　　角斜村

一九四七年一月二十八日

一朵罂粟开出的天空

开出　　蓝印花布裤腿上的

两个补丁　　双脚站立寻找的土拨鼠

一直寻找一直寻找　　却不知道要寻找什么

月光也在上面　　走来走去

走成了　　一堆堆篝火

烤着儿呀　　副市长呀

烤着身上的　　一根根骨头

烤出了　　田野里无数草根的味道

白发稀疏的老妇人　　你就是从身上

割一块肉　　也愿为儿丢了的魂

缝上一块补丁

仿佛一支蜡烛　　把日子重新点燃

让飘落濠河的那一片落叶　　不再漂浮

从树上失落的绝望

二○○三年十月十日

南通濠东路二百五十八号监狱

二○○七年一月

《扬子江》诗刊

修鞋匠　你不过是一棵歪脖子树

修鞋匠　你把修鞋的手艺还给了路

还给颐和园同庆街　有人修鞋坐上片刻

一会儿就走了　留下的体温让一条板凳守着

修鞋　像修路　只有路上的路

才活着脚印　仿佛一弯冷月插入花瓶

坚持把爱　干干净净地用完

坚持将人类的光线　一次一次调亮

梦到鞋　它是大道　也是歧途

你耳朵软　你蜡梅一样　你喜欢紧咬树枝

呜呜咽咽的　一边儿憋气开　一边喊疼

从北京天桥走出来的修鞋匠　听说你藏有绝活

然而坐落路边　你不过是一棵歪脖子树

轻描淡写的　西北风一吹像是邀请

二○○五年八月十九日
北京颐和园

你是等印象中的实习女生

承德避暑山庄被悄悄素描了　　双湖夹镜

被悄悄素描了　　在一位实习女生

注视下　　一样被悄悄素描的一朵白荷低着头

自己　　反复嗅着自己

一朵白荷　　等　　你是等印象中的实习女生

也是自己的内心　　如同蜂巢

有许多忙忙碌碌的翅膀　　飞来飞去的

一种柔曼的　　甜蜜的蜇痛

身前　　拥有了缓缓匍匐而行的水

身后就掀起了　　一个一个陡然竖立的浪

不过被素描的白荷　　还是情愿做一滴

普普通通的雨水　　降落到池塘里

河底那一棵出众的水草　　将会忍不住地游弋

二○○五年八月二十一日

河北承德避暑山庄

还　有

你一定是刚刚离开三味书屋的吧　　还有

你的手温留在了那张书桌上　　仿佛着火的灯油

坐落在我的体内　　木炭一样抑郁着燃烧

那是你加上我　　所有的生命和付出

你孺子牛般地贴身民众　　像大树

投向树根的影子　　渴望从一片死寂中膨胀

依然日夜兼程　　依然拼命奔走游说的一个民族魂

如同一阵一阵凉飕飕的秋风　　从静修庵土谷祠

毫不留情地　　撕出一声声嘶声

你还跟着我踏上返程的车子　　让别人

议论纷纷　　有的情不自禁地泪水呀流进了梦

有的从此以后睡不安宁　　都是因为

焦虑　　又重新返回到你的眼睛里

二○○七年十月
绍兴鲁迅故里
二○○七年十一月
《诗刊》上半月刊

黑太阳部落

黑太阳部落　　你们

被足球里边的　　一串串铃声

擦亮了　　耳朵的敏感

将喊叫声　　踢进了卜艳春眼睛里的网

一只足球　　被踢成了

一根导火索　　正在缩小燃烧的距离

没有小资产阶级情调　　就不好好溜达的

一只奶油色贵宾犬　　在场外徘徊不定

将一首诗　　忧伤地走走停停

几只小山雀飞来飞去的　　将这些情景

转弯抹角地　　藏匿到一个地方

二〇一〇年三月二十七日
南通特殊教育中心

小鸟虽小　　可你玩的是整个天空

劳伦兹　　说雏鸟情结　　就是黏着人家

不放的印随行为　　我说今天刚刚出生的艺玟

黏着二十九年前正月初九　　出生的

姑姑呢　　也是呱呱坠地的第一声

就像追赶着的百灵鸟吊嗓子　　先黏着人家的耳朵

很近地唱着　　然后又很远很远地轮番唱着

小鸟虽小　　可你玩的是整个天空

我喜欢　　站在窗前装着在看礼花

让眼里的泪水　　慢慢回去

有什么还深藏在彼此的内心　　那是亲情

住到我们身体里　　再也不会离开

二〇一一年十一月二十八日
通州桃花园大酒家
二〇一二年十二月
《星星》诗歌增刊特别推荐

眼睛不让运盐河寂寞

女儿紧紧挨在我的身边　　河边的柳条

也察言观色　　亲近地摇来摇去

双皮桥的倒影慌了　　该从哪儿开口说出喜欢

甚至运盐河的一股微风　　吹的星星

白晃晃地加深了池塘　　星星

像一双一双眼睛　　眼睛不让运盐河寂寞

从西汉流来的河水　　浩浩荡荡

浩浩荡荡的长江东到海　　煮海为盐复还江

那舳舻相连　　那帆樯林立

那乌黑乌黑的船　　那雪白雪白的盐

浩浩荡荡绵延两千载　　浩浩荡荡不绝数百公里

其他的河水都淡而无味　　只有身边运盐河的水

是咸的　　咸咸的水融化蒸腾化成了盐

化成汗水血水泪水　　化成了骨骼肌肉脊梁

化成了流淌在每一个人的血脉里　　有咸味儿的血

这一年夏天的电闪雷鸣　　当然不会将运盐河

轻易放过　　一道闪电像敲进去一根骨头

水流走了　岸还在

运盐河　　咬紧了牙关就立住了

一条动荡了的运盐河水流突围　　就再也没有什么可以
束缚的了　　女儿和我一直想要的
滔滔不绝的长江水　　正一浪一浪匆匆赶来

玉兰花瓣缓慢地松开了夜空　　松开了
攥紧的拳头和紧紧锁着眉头的脸　　就像我
总是在风中站立　　在风中站立也喜欢踮起脚尖眺望远方

女儿赶紧拉起我的手指　　手指月亮
别动　　一块云朵缓缓移了过来
看银碗似的月儿　　被期待一寸一寸轻轻拭亮

二〇一二年六月九日
桂林冠岩景区再修改
二〇二一年四月十六日
《光明日报》第14版

168

你不来　　庐山瀑布不至于像血脉偾张

你不来　　你不替代南海观音　　你不调换了神鞭

秦始皇不会愤然而起　　鞭子闪电一样

将骊山一角　　赶到了鄱阳湖畔

裁剪成有神仙的　　断块山

一座　　像模像样的庐山

你不来　　指认庐山为庄严的菩萨道场

指认太阳　　召唤许多的树影花影

指认影子去饲养阳光　　饲养

潦草的碑文　　谁还会坚守一行行的信仰

你不来　　试图找到陷于事物深处的事物

找到了一条河从庐山的　　悬崖绝壁

倒叙恐惧倒叙不安　　倒叙就不会

蛇一样蜷缩着　　从一座山的骨骼挣脱出来

你只不过　　听信那霜雪打湿的尸骨

必然烂进了土里　　声名那样的庐山水流

悬挂在崖上哭　　你只不过着迷

你只不过听信庐山瀑布　　必然使

九十多座山峰相互依赖地　　抱紧了彼此

或流水向沟谷侵蚀　　或后退　　或跌水

随心所欲地　　经过无穷尽的黑夜

运走无穷尽的黑夜的黑　　你只不过一直着迷

你只不过着迷　　运走的还有

瀑布下雨一样的雨在挖井　　挖走的

一声声　　撕不烂天空的这一块布

一次次地彻底撕碎　　一次次地悔恨悔过

你只不过着迷　　笑庐山瀑布　　笑它

像一只空了的高脚酒杯　　透明地穿越岁月

日日夜夜玻璃般　　透明地跌向了　　自身的山谷

二〇一七年十一月十一日

江西庐山

巴音布鲁克草原暗暗尾随着我

不要怀疑我　　重新唱出刀郎一样的抖音

不要怀疑喀什噶尔的少女们　　喜欢悄悄张望

一种奢侈的张望　　博斯腾湖周边的

涓涓细流哼出呜呜咽咽　　如此温顺的人声

由远而近的野血牦牛　　顽强地碾过

哈萨克大尾羊怯生生的目光　　挣脱的身影

锁住天空　　野性的格桑花照旧不管不顾地燃烧着

疣鼻天鹅由着性子　　扑簌簌地绕过了开都河

绕过九曲十八弯　　一个个轮番地叫唤开始张网

它们耗尽了一生抒情　　我要慢慢画成蛊惑人的模样

剩下巴音布鲁克草原　　常常空无一人

常常是自己把月亮掩在睡梦中　　暗暗尾随着我

二〇一九年八月二十七日
新疆巴音布鲁克草原

托木尔大峡谷的种种猜想（组诗）

两棵胡杨

三千多年前的两棵胡杨　　与我低头相向而行

这么多年的时光　　也无法说出当年究竟

为恩怨为情仇　　为了谁血拼现场

而一下子闯入了我的想象　　或英雄或美女

都那么迷人　　刮风也是在相互的体内

刮　　一阵一阵带血腥味儿的风

它俩着迷三千多年　　在阴阳界挣扎的一死一生

在无人区　　我想也只有它俩了

一直　　不曾离开我

男人谷

九十九个男人偷吃禁果　　被上帝

集体流放　　变身喀斯特的五种地质地貌

获得救赎的魅影　　得意的　　逍遥的

女妖想着　　想着复乐园　　就发出吃吃的笑声

好像再这么想下去　　就会被人一下子想起

石帽峡

越野车　　惊醒了坠落峡谷三千万年的冤魂

石柱们得到营救一样　　将石帽

扔上了天空　　扔着扔着　　它们必须扔出

对生命的感激　　扔着扔着　　就把自己一下子扔没了

五彩山

我偏爱我的丰田红杉越野车　　急驶一个弯道

就摆脱了视网膜里　　五彩山的起起伏伏

抑或妒火灼心　　依旧熊熊燃烧

托木尔大峡谷　　我必须尽快逃出去

躲进　　坐满了记忆的核桃树荫

记得那维吾尔古丽认死理　　从喀什一路

追赶认人　　那一块树荫也哈巴狗一样将我紧咬不放

二〇一九年八月二十九日
新疆托木尔大峡谷

真情是很顽强的

——点评爸爸第四辑的三首诗

巴金先生说过："艺术的最高境界是无技巧。"以我的拙见，他是在强调艺术创作中的真性情。

受爸爸的影响，最近几年我也陆续地涉猎了一些现当代的诗歌。在如今这个物欲横流的浮躁时代仍然有着这样一群人从不放弃对精神家园的建造，更可贵的是，即使诗歌的辉煌会过去，诗人们却能一以贯之地用真心真情顽强地歌唱着！

这么多年来，爸爸只要创作出新的作品，就会拿来与我分享。

我想任何一位读者只要坚持读下来，都会很明显地感觉到他的艺术创作力与日俱增。

就算抛却了这些感性的感受，看着家中成摞成摞的稿纸，也可以体会一位诗人浪漫抒情背后的实实在在的艰辛。

然而今天我想谈的不是爸爸的诗歌创作是如何成长的，我要谈的是对诗歌创作中的真情坚守！

我是一个很不成熟的诗歌阅读者，以我的水准当然也难以对诗歌的创新提出什么真知灼见，但是对爸爸在诗歌创作上的这种坚持我是十分赞赏的。

如果说激情对于诗人是必须的，那么坚守对诗人来说则是可爱的。我想爸爸要坚守的不是某种诗的形式，而是一种写诗的态度，这种态度就是不矫饰、不做作、抒真情。我试着从他近期发表的几篇作品里挑出一些来细细品味：

首先想说的一篇是去年一月份在《扬子江》诗刊发表的《补丁》。该诗要展现的事件很简单，就是写一个含辛茹苦的母亲去监狱里探望她在物欲横流世界里"丢了魂"的儿子。

开头"一双亮亮的狐狸眼/穿过了两副漆黑的铁栅栏/直直地射过来"，简明地交代人物、事件，用相当醒目的意象展开描写。

当然作者不会忘记写诗不是为了叙事，所以在他叙述的过程中仍会巧妙地穿插意象的升华、情境的渲染。

比如，它是"一朵罂粟开出的天空/开出　蓝印花布裤腿上的/两个补丁　双脚站立寻找的土拨鼠/一直寻找一直寻找　却不知道要寻找什么"。

该诗中的意象不少，而每个意象也都含有丰富的意蕴，其中最出彩的还是"补丁"这个意象。

"白发稀疏的老妇人　你就是从身上/割一块肉　也愿为儿丢了的魂/缝上一块补丁"来企图唤回儿的记忆。

然而补丁在儿子的记忆中褪色了，发人深省的是补丁依旧在，为何记忆褪色了呢？答案是不言自明的。

"仿佛一支蜡烛　把日子重新点燃/让飘落濠河的那一片落叶　不再漂浮/从树上失落的绝望。"

这是整首诗的深化之处：破了的裤子可以添一个补丁，丢了的魂该如何安置？

这首诗不仅将情节与意境、现实与理想结合得很巧，更让我们感到一种震撼人心的力量，这种力量源于真情。

人的灵魂在物欲横流的世界里迷失，找回心灵的家园只能靠真情的力量，一种可以让灵魂安顿的力量当然是足够顽强的。这首诗就是以这样一个具体的情境向我们展现着诗人的使命。

接下来再看一首相对轻松点的诗，这是发表在二〇〇六年十二月《星星》诗刊增刊的《印象黄山》（组诗）中的《担夫》。

说它轻松只是和《补丁》中的绝望的忏悔相比而言的，对心灵的触动不是那么沉重，但会唤起读者另一种形式的思考。

《担夫》一诗形式短小，也没有什么特别醒目的意象，开头便写得很有趣，"传说担夫登云梯百年成仙"，让读者好奇的是难道诗人要写的是一个传说？一个担夫成仙的故事？

往下一读，全然不是那么一回事。

诗人要展现的场景是非常现实而富于生活化的。

用一个成仙的传说引领全诗别具匠心，超以象外，寻常人家依然可以演绎诗的境界。

不在于担夫表现了什么，而在于诗人用怎样的心在感受他。

全诗说到底就一个情节：担夫挑担累了，歇了下脚又挑起担子出发了。

看看诗人是怎样描写他的歇脚的："那一天歇脚的时候／听松柏敲打着山崖反复地叮嘱。"一个筋疲力尽的担夫却有如此的闲情逸致，听松柏的声音。

我想诗人要表达的大概不是这个具体动作，而是一种对生活的态度：不管现实多么无奈，不管生活多么琐碎，人依然要保持一颗与天地万物对话的赤子之心。

闲情过后，担夫"挑起仿佛更沉的担子／一下子起身把山踩痛了"，此轻描淡写的一首诗却在结尾处给了我一个震撼：

重重的担子压在了担夫的肩上，压痛了他的肩，而他却踩痛了整座山。连山都感受到了人的痛，谁又能说某个人的痛苦是微不足道的呢？

一个担夫也好，一位诗人也罢，一根扁担也好，一座大山也罢，负担与痛苦可以这样息息相通，这不就是真性情的力量吗？

顽强的真情未必要以沉重的方式表达，关键在于诗人是否触及人心的最深处。诗歌是来自人类灵魂深处的声音，把握到人的真心，举重若轻的写法则是更高的境界。

再评一首同样发表在《星星》诗刊的《江水冲不散的》（组诗）中的《白帆》。与前两者相比，该诗的特别之处在于没有了人物，情节几乎淡化到了无。

可是在一个有诗心、诗性的人眼里一草一木总关情。

"夕阳""长江""白帆"这些似乎一直是诗人普遍钟情的意象，而往往这些意象一出现就会让人有种无病呻吟、随意抒情的错觉。这首诗同样运用了这些意象，表现的情景虽不恢宏，但也相当别致。

诗人偏偏要这样营造，当然有他的用心。因为"风儿一口气　吹进了帆的内心／那白帆　就有了精彩而独到的内容"。因为"你就和一个渔夫的命运　联系到了一起"，白帆、内容、命运的含义，让我们产生了诗意的联想。

"生怕落空的夕阳　酸溜溜地不知所措／双脚　仿佛铐上了一副铁镣／拖着步子　越走越远／远得像过去"，这和一般把夕阳之景描绘得或闲适或淡定的写法很是不同。

然而"生怕落空的夕阳　酸溜溜地不知所措"，便会在紧张中增加几分灵动，而这和诗人别具匠心的营造有关，很好地调节了诗的节奏："双脚　仿佛铐上了一副铁镣／拖着步子　越走越远／远得像过去。"每个读者都有自己心中的彼岸，都有对生活特定的"寄语"。

一首别致的小诗在启发我对生活思考的同时引发我对诗歌本身的思考：诗歌创作强调抒真情。某种具体情境下的具体情感未必是"真情"的唯一定义，或者诗歌的情感常常可以不要那么实在到必须去追问"是什么"。

读一首诗，引发一番思考，得到某些感悟，读者与作者的情便相通了。

这些年来爸爸所取得的成绩也是大家有目共睹的：在《诗刊》《诗林》《星星》《扬子江》《中国诗人》《诗探索》《海外诗刊》《北方文学》等刊物中数次发表作品。

诗人不仅有成绩，还有梦想，我们一起期待着爸爸的诗集《水流走了　岸还在》早日面世！

要从艺术上来评判诗歌的高下，我想我是难以企及的。

但这本诗集确实感动和启发了我，它的最可贵之处在于诗人并不是单纯热情，那只是低层次的抒发。

诗人是在渗透生活之后醒悟，而醒悟之后仍能保持这种热情，并且成为他创作的源泉，这是值得每一位文学爱好者学习和借鉴的。

我们对生活的思考还在继续，但愿生活的源头活水能为爸爸的创作带来更多的灵感和创意。

我们对艺术的追求是不会有止境的，但愿爸爸在艺术道路上奋斗不息，笔耕不止。

我们对梦想的热情也不会泯灭，但愿爸爸的这本诗集和梦想一起成为我们生命中最值得珍藏的回忆。

我不认为诗歌会重现唐诗宋词的辉煌。

我也不会简单地被爸爸的豪言壮语感动。

我甚至不会迷信那摆在家中成摞的稿纸。

但我愿意相信爸爸会在诗歌的艺术王国中坚实地守护好属于他的精神家园！

因为：真情是很顽强的！

姜春邻
二〇一二年十二月
《星星》诗歌增刊特别推荐

南边姜荣的诗以精彩的意境取胜

——论《一棵孤零零的树》

"斑头雁被一排排乌云押解 / 神情忧郁地尖叫了一声 / 让大风 / 有了缝隙 // 在天地之间 / 一棵孤零零的树 / 十分艰难地 / 把一道闪电举过了头顶。"

寥廖五十余字，把电闪、风起、雁飞的动态场景描绘得活灵活现。南边姜荣的诗以精彩的意境取胜，以极其形象的虚拟和比拟手法，诠释了诗歌的特异功能。

透过树顶观看天边远处的闪电，就仿佛是树把闪电举过了头顶。这也说明，诗人的灵感来自生活，变成诗的文字后，又高于生活。不是吗？

词汇的选择是一个极大的挑战，因为诗歌语言要求更凝练、更形象、更优美、更鲜活、更具有感染力。

这首诗里，作者使用了"押解""缝隙""举过"等词句，都有画龙点睛之效，几乎无法用其他文字替代。

千里
二〇一五年十一月
上海静安区

南边姜荣的诗写得很精致

南边姜荣兄神来之笔，让美丽的太湖也无可奈何，只好任凭诗人拉动她。

清新灵动，如小溪在轻轻流淌。乡情，乡俗，乡音扑面而来。

南边姜荣的文字如涓涓小溪，富有流动性，与描述的画面搭配，意境深邃，惟妙惟肖。你对诗的执着令我感佩。

诗写得很精致，语言明亮而有韵律，好！谢谢你的邀请，我们已经是好朋友。希望多交流，我们一起努力。

在秋风乍起的日子里，品读这诗意盎然的"风吹过说不出我心里的滋味"，让人感觉与诗歌相遇真的很美。

南边姜荣的诗写得很精致。总是婉约而深沉，读后使人感到一种酸楚、一种眷恋。

请写一首"中国梦"专题的诗，既梦幻又现实，既婉约又不失大气，我相信老朋友一定写得很棒。

作品已收到下载，正在拜读，初读即感觉韵味幽深，不是口号主题作，非常难得。

我会尽力推荐。我认为这组诗突出了"中国梦"主题的神性，具有独到价值，稿件还要进行三审，有进展我们随时联络。

前次"中国梦"组诗因来稿极多，竞争激烈，经反复争取，最终未能通过，非常遗憾。本月我又把你大作黄鹤楼一组再次送审，希望能有好结果。

经过反复努力，大作两篇已在二○一四年十一月上半月期刊发

水流走了
岸还在

表，效果非常好，特祝贺！

请尽快短信告知我您的身份证姓名和准确地址，我立刻寄样刊。稿酬有专人负责，再次祝贺！等复。

阎延文
《诗刊》社上半月刊编辑
二〇一八年一月

论《第四辑　一棵孤零零的树》
——诗人们的评论

虽小却蛮有味，诗意纵横，情节引人入胜。　　——许军

从生活里发现诗意，很不错。　　——王夫刚

你的诗歌很特别，有灵气，具有现场感。　　——苏历铭

诗人只属于梦，越努力越幸运！　　——黄劲松

诗人的眼光，打造诗歌的经典；理性和浪漫的几段啊，相映成趣；留心处处皆诗歌呀。　　——中原马车

作者对长江反复吟唱，表达了人世的悲伤和自然的无常，流露出孤独的情感、淡淡的惆怅。　　——老铁

　　一个用自己的身躯，带走别人的忧伤和泪水，让岁月里的石头慢慢伸出自己的青苔。

　　一般人只想到花儿开了，而作者匠心独运，想到玉兰花开了，松开了夜空，的确有神韵。　　——清荷铃子

贵在童心未泯。

羞怯的美好，很动人；好诗，凝重厚实。

——顾耀东

文笔新颖，写着就有快乐。　　——林莉

南边姜荣先生，你好！两次来稿共五首诗我都读了，依然是俏皮生动的风格，令人喜欢。

只是因为刚发了几首，马上再留的话，按我们不成文的规矩，就要求作品有明显提高，而你这五首诗并不算是自我超越之作，所以就不能留了。明年再投稿吧。

——《北方文学》编辑　刘云开

"几只小山雀飞来飞去的　　将这些情景／转弯抹角地　　藏匿到一个地方。"此节甚妙，为精华之处。诗的意境和深度有了，但稍显短小，挖掘的空间还很大，修改后，会是一首不错的诗。

你以前寄来的稿件，我们均认真审阅，发现你是一位很有潜力的诗人。应该多打造精品，把每首诗写得淋漓尽致。比如，这首诗有到喉不到肺之感，刚入意境，却草草结束了。单首不宜过长，每一行宜容纳更多的意象，给人更多的思考空间。你的诗主观方面刻意抒情太多、太明显，语言仍需锤炼。相信多写，你的成功指日可待。

——《诗选刊》编辑　田耘

《还有》经初审稿合格留用，待三审稿合格后另行通知。专致诗歌的敬礼。

——《诗刊》编辑部　孙文涛

舒缓的语调透出波动的心绪。　　　　　　　　——海城

从心中流出的句子，没有技巧却如此动人。

你的诗总是婉约而深沉，读后使人感到一种酸楚，一种眷恋。

神来之笔。　　　　　　　　　　　　　　　——阎延文

你的诗很别致。真诗人便是对周遭世界美的事物永葆初恋处子般的敏感和激情。

梦一般的迷离，非同一般的笔墨，实在是喜爱之至。

好诗，质朴，深刻；写得很特别，往事追悔不及；别致的诗，也引发我对诗歌本身的思考。　　　　　　　——小楼疏雨

读你的诗，总是会让人们的心悸动着、感动着。用"还有"作为题目，真的非常有味道。　　　　　　　　　——徐劲梅

不得不承认，阁下的诗歌已高蹈脱俗，在下似乎很难窥其门径了。那首《白帆》开头的比喻令人吃惊，什么样的女人能把咱们掏空，当然是极具诱惑的所谓尤物。

白帆也是色授魂与，直教生死相许，因为这个白帆是梦中惊艳的旗帜吧。

这个比喻尽管在某些人看来有些出格，但是准确有力，直指人心，因为几乎每个人都曾经有过这么一片白帆哩。

结尾让俺拍案叫绝，这个夕阳是咱们人生晚景到了，俺在夕阳中的影子，徒唤无奈，自我感动吧。　　　　　　　　——刘刚

水流走了
岸还在

　　喜欢《印象黄山》（组诗），为什么写这么感人的文字？不刻意于意象的捕捉，不拘泥于意境的营造。　　　　　——俞雪梅

　　为艺术的渐渐成熟与对现实永远的陌生而兴奋。

　　　　　　　　　　　　　　　　　　　——雨小朵

　　跟随着采风，跟随着参与创作，跟随着，我是遇到高人，高山流水，而《你不来　庐山瀑布不至于像血脉偾张》，传神！你拨动了许多人都不敢拨动的心弦。

　　意境美，写得非常好，少有的好诗；诗写得工巧，挺有羞涩的味道；感觉年轻、纯真，一下子就吸引了我。

　　　　　　　　　　　　　　　　　　　——张丽珠

　　远古的味道，深邃神秘，且有刺痛感，读后使人酸楚。

　　《托木尔大峡谷的种种猜想》（组诗），意象非凡的诗，很有想象力；结构，韵律，意境，呵呵我简直陶醉了！

　　您表现了丰富的语言：纯粹、灵动、细腻。感受到很多内在的力量和柔软，您是一个美好而富有诗意的人。

　　　　　　　　　　　　　　　　　　　——舞动的生命

和意大利古罗马斗兽场对视

和意大利古罗马斗兽场对视　　默默相认

我确认　　是扮演的斯巴达克斯

你是　　范莱丽雅·梅萨拉

否则镜框里的合影　　不会手心沁汗

··

李雪珂翻译的克里姆林宫（组诗）

李雪珂翻译

李雪珂翻译的克里姆林宫　　东临红场

广场中央微微地隆起　　掏心掏肺的

从心里头打开　　你翻译早先的赭红色石头

一块块油光瓦亮　　只是现在呢慢慢地暗了下来

你有所停顿

涅格林纳河　　莫斯科河一起使劲

架起鲍罗维茨丘陵　　架起克里姆林宫

十二使徒教堂　　天使报喜大教堂的十字架

立在穹顶正节制地布施　　这一种布局清晰明了

而李雪珂你有所停顿　　童年的串串笑声站立其中

仿佛椒江参与了　　在你体内秘密运送着什么

心里有了事儿

红宝石上的五角星受光强烈　　默默地

接受并记住　　救世主塔楼沉着和静谧的钟声

这些都让总统官邸　　心里有了事儿

事儿可比命重要　　过得有意念过得就一定有滋味儿

李雪珂　　你一旦被这种滋味儿打开

打开也就不会停下脚步　　在通往春天的旅途

将一棵一棵向日葵的黎明　　运往曾经爱过的梦境

李雪珂眩晕

《巴赫的最后一天》　波利娜　　以一阵阵急促的

芭蕾碎步子示意　　把一条长长的涅格林纳河岸

踏成月色时　　水声更冷了　　目光更清澈了

清澈的　　专门摄过　　克里姆林宫里主人魂不守舍的目光

李雪珂眩晕于宫内的地砖　　比月光还光滑

它上面模糊的碎步脚印　　在烟一样缥缈的记忆里

你抵达了芭蕾仙女的斑驳梦境　　才能穿墙而过

你在一块石头上　　反复投下自己的身影

反复试探　　承受一轮俄罗斯的月亮　　一天天广袤的压力

二〇一六年五月十日
俄罗斯克里姆林宫

水流走了　岸还在

达·芬奇死后也不会让冬宫安静

达·芬奇死后也不会让冬宫安静　　怪谁呢
或《戴花的圣母》　或《圣母丽达》

总得让圣母息一会儿　　你解开了蓝色的斗篷
和粉红色的衣襟　　白天从怀里掏出了
一个太阳　　晚上掏出了一个月亮
躺在手心里的耶稣　　一边
吸吮着乳汁　　一边肉乎乎的两只小手
挥来挥去　　那饱含乳香的茸毛
是　　幸福时光的一棵棵嫩芽

总得再息一会儿　　圣母你的嘴角
露出不易察觉的笑容　　有时嘴角滋生的慈爱
也满足了　　窗外的阳光
和陈年的酒曲　　一起去发酵

总得站到窗前　　圣母才看到远处
蓝天白云　　逶迤起伏的山岭
陪伴小耶稣松弛下来　　稍等一下
那幽暗的画面里　　就传出了轻微的鼾声
圣母你悄悄戴花上了油画　　你的心也在其间来回走动

你　　让火红的彩云接走太阳

就是要接走小小的耶稣　　你舍不得

你矛盾　　微微蜷曲的右手守护着

你的左手却完全摊开　　献出了自己的儿子

你让圣彼得堡所有的乌云　　为你一次次集结

它们无数的喉咙　　一次次发泄

心底的恐慌　　看圣母像小舢板一样

为拯救　　天下所有的

芸芸众生　　分分秒秒都忙忙碌碌

在一条长长的涅瓦河的浪涛上　　起起伏伏

二〇一六年五月十一日

俄罗斯圣彼得堡冬宫

试着　将爱你的爱沙尼亚忘记（组诗）

遛马人林达尼萨

爱沙尼亚共和国　塔林

街上　遛马人林达尼萨的嗓音

相遇悦耳的提琴声　守城的卡列夫

脸一红　这中世纪的城堡就微微露出了

一个童话里　男人的羞涩

夕阳　映在奥列维斯特教堂的方砖上

经年的乌青灰白中泛着蔷薇色　弥漫着

一束矢车菊紫红的清香　缓缓打开

金黄色的温度　推动了托姆比亚山势的走向

拉扯卡列夫

接不满雨水的空巢　总是

被一棵橡树　牢牢地握在掌心里

林达尼萨拉扯卡列夫　一起试着

化身两只多多鸟　向波罗的海的深处飞去

托姆比亚山上　一缕炊烟缓缓将天空的蓝撑住了

水流走了　岸还在

林达尼萨你爱悬崖

林达尼萨你爱悬崖　　也爱一块从悬崖

滚落的石头　　如它爱着的深渊

一颗心爱着沉沉灾难　　腾空了的身体

没心没肺　　腾空了去爱卡列夫

背着孤魂野鬼卡列夫离开

林达尼萨　　从短腿街到长腿街

不断地搬动石头　　搬到了卡列夫身边

堆积成丘陵一样的座堂山　　一座列巴尔教堂

神话里的雀鸟女神呀　　做一件暂且陶醉的事

背着月亮　　背着孤魂野鬼卡列夫离开

试着　　将爱你的爱沙尼亚忘记

二〇一六年五月十三日
爱沙尼亚共和国塔林

西贝柳斯你打开了芬兰的生命出口（组诗）

芬兰的一座山

西贝柳斯你的头像　　你的头像始终

在极度明亮　　和极度阴郁之间或来回摇摆或发泄怒火

你的头像被嵌在赤岩上　　你前额朝上的一道弧

像闪电一样劈开天空　　你始终每一天在抗议

没有什么能够阻拦抗议　　阻拦国家独立

你好比一座山　　其实你并不想成为一座山

只是一次次　　被命运逼到了高处

芬兰的巨型管风琴

每当海风集合从六百多根　　银灰色的不锈钢管

从一架巨型管风琴吹过　　交替发出了

时而高亢　　时而低沉的阵阵人声

西贝柳斯你就是海风　　打开了

打开了芬兰的　　一个个生命的出口

芬兰的一束铃兰花

西贝柳斯　　你挥舞一束铃兰花

如同一串串铃铛声　　打开扭扭捏捏的芬兰湾

倒映着女高音的容颜　　没有人能够经得起

水流走了 岸还在

这赫尔辛基铃兰　　淡淡的香味

没有人　　能够不顺从了这淡淡的蛊惑

剩下　　空了的一只高脚酒杯

陷入黎明前的　　黑暗

芬兰的一盏灯

西贝柳斯　　习惯性地凝神闭目

瞬间掀起铜管乐器　　和定音鼓的万丈狂澜

它们仰天嘶吼　　它们表示一直不满

被瑞典被沙俄统治下的芬兰人　　围着篝火

围着灰烬起舞　　影子在墙上愤愤不平

在人世　　每增加一盏灯

都使黑暗　　更痛苦

二○一六年五月十四日

芬兰赫尔辛基

瑞典你多方位地从内心打开（组诗）

瓦萨沉船博物馆

还记得 1628 年 8 月　　瓦萨号战舰刚刚出航

却遇上大风大浪　　你像一盏灯被风儿

一口气吹灭　　吹灭了 333 年

一场夜雨　　像千千万万颗钉子

铆在　　斯德哥尔摩动物园岛的伤口上

瓦萨号战舰　　如果不是你死死地守住了 333 年

这个地方　　又到哪里去寻找当年出航时

王国远征的利器　　金发碧眼的瑞典人

又到哪里去寻找故乡的　　威风

皇　宫

皇宫卫队　　一本正经地屏住了呼吸

按古老的程式换岗　　一个挨着一个悄悄经过

在皇宫金碧辉煌的大厅　　拐角处

我放慢了脚步　　怕自己

不小心带来的一小阵轻微的风　　打破历代

一个个国王　　皇后们的肖像

197

他　　和她们身体周围的这一点点体温

我离开瑞典以后　　皇家

珍宝馆兵器馆　　还会长睡不醒

那些玉镯金链和兵器　　会渐渐熄灭

斯德哥尔摩　　所有城堡里所有人的眼睛

但是　　被风吹远的梦

一夜之间　　一双双蔚蓝色的眼睛

会开遍　　瑞典的每一个角落

年年诺贝尔奖

音乐厅　　不颁诺贝尔奖的时候

里边就是空的　　斯德哥尔摩就是空的

电闪雷鸣　　就疼痛了　　就忧愁了

年年诺贝尔奖　　如果年年颁奖

瑞典皇家的爱乐交响乐团　　就会赶到

古希腊神话的俄耳浦斯　　会弹起了竖琴

就诗意了　　就幸福了　　交响曲反反复复的

反反复复地　　就把得奖的男人

或女人　　紧紧地抱在怀里了

斯德哥尔摩被劝醉

一杯潘趣酒　　一杯冰镇啤酒是不能醉人的

它太少了　　只有微乎其微的煽情

但一座斯德哥尔摩城　　竟然被劝醉了

让夜　　有了丰富的想象空间

我在想　　那么多回到码头的帆船游艇

都已经安睡了　　那一小杯酒呀

斯德哥尔摩　　你是怎样被服服帖帖地劝醉

二〇一六年五月十五日

瑞典斯德哥尔摩

我把一位挪威少女羞涩的碧眼写了（组诗）

冰坠子

我把一位挪威少女羞涩的碧眼写了　　写

一对冰坠子吊在橡树上　　被阳光围拢的害臊

就写你羞涩得一点一点融化　　还有谁像你

拿出身体全部的颜色　　融化了

却悬在橡树上犹豫　　羞涩得不肯掉下

写你就一直往冰坠子里写　　冰坠子的影子

还是一条冰坠子　　我经过你的时候

你也正在　　依依不舍地经过我

荡秋千

写你荡秋千　　就写你仍在晃荡

人散了　　秋千仍在晃荡　　橡树仍在晃荡

写你　　金色的头发仍在晃荡

直到把一些月光　　扔上了橡树的树梢

多多鸟

写你是多多鸟　　写你守候橡树的细微喘息

那是因为你喜欢　　体内的每一滴血液都在燃烧

抱得再紧的　　斯瓦尔巴群岛

也经不起被风日日夜夜　　细微地吹拂

行走的橡树

写你在一轮圆月的冷峻中　　就写你

一棵行走的小小橡树　　点燃了内心的烛火

仿佛橡树的影子　　轻快地擦过了海面而飞

整个清晨　　都一下子被擦亮了

擦亮了的还有松恩峡湾　　山脊上

有条林荫小道　　朝你奔来又向后退去

矢车菊

写你是一朵莱达尔小小的矢车菊　　就写你的内心缤纷

藏匿在你身体内的渴望　　弥漫着浅浅的清香

你是盐一样地渴望　　折磨一首诗歌的伤口

只有在伤口处　　才能长出了思想

思想呀　　是最性感的器官

就写你　　又给我偷偷戴上

金色雄狮王冠　　让我拥有漫山遍野的喜悦

让我的心　　渐渐地温暖起来了

烛　台

我把一位挪威少女羞涩的碧眼写了　　写你呀写你

在十年后一个海风轻柔的晚上　　还没有走到

峡湾小镇那一盏路灯下　　一对突然停住

脚步的情人　　你俩燃烧在一起的嘴唇

简化到只写你　　闭上了一双羞涩的碧眼

好比烛台闪着火光　　守着莱达尔　　有人没人

依旧在老地方默默徘徊　　像一条不肯安睡的峡湾水流

　　　　　　　　　　　　二〇一六年五月十六日
　　　　　　　　　　　　　挪威峡湾小镇莱达尔

看守波罗的海的丹麦美人鱼

你身子　　曲卷在哥本哈根的花岗石上

看守波罗的海的事　　年年月月

都交给了你　　这样一个傻子

你傻傻的　　没有听巫婆的话

没有杀死大眼睛王子　　你傻傻的

等他　　一起回到波罗的海

你沉迷的心思　　一直神情忧郁

你　　只要一出声就具有一种破碎感

一只孤单单的海鸥凌空而上的　　是这些年

积攒的　　惶恐和焦虑

你傻傻地看守波罗的海　　身在海边

却再也不能　　回到海王宫殿

像一个　　美丽的躯体

又像一个　　鬼魂

吃惊的是你竟会脱去鱼鳞　　一下子变成了

人的形状　　以人身鱼尾的鱼鳍

在游动及平衡之间　　将思念的海面

一点一点拓宽　　可是在海风的推搡下

更远的　　一座座岛屿

在暗处挪动　　让你眺望的目光再也无法靠近

好在丹麦秋天的阳光　　加深了高加索冷杉

加深了　　你蹲守在花岗岩的心里

轻轻　　轻轻跳荡的弹簧

好在它们　　都记住了你的身影

好在凛冽的西北风　　如同莫扎特的

安魂曲　　只翻滚在你的心里

哥本哈根的海浪　　只当你的耳朵

是远行时　　便会找地方投宿的一个小小客栈

                        二○一六年五月十九日
                          丹麦哥本哈根

我赞美你德国　　但有尺度（组诗）

吕贝克　荷尔斯腾城门

我登上了荷尔斯腾城门　　就眺望到

那种晚期的　　哥特式建筑风格

可那时候　　冒着两次世界大战的炮火

那里的春天折腾了好多天　　才怯生生地开出

一小朵担惊受怕的　　蓝色矢车菊

吕贝克　七尖顶城

一个无人打搅的　　童话世界

七座钟楼尖塔　　按照顺序在夕阳中镀金

仅仅初恋了一个傍晚　　你便放下了

库贝克广场　　和特拉佛明长长的海滨

汉堡　阿尔斯特湖

一位身材高挑的德国金发美女　　来到

阿尔斯特湖边　　先是一只白天鹅

然后是一群白天鹅　　都是兴奋才迅速游了过来

在波光粼粼中　　穿梭着脖子上高高抬起的优雅

汉堡　　水边花园俱乐部

往事安静了　　汉堡城一些街上无人

花 250 欧元年费　　就拥有自己的水边花园

你的名字　　会同一艘帆船压住湖上无边的月色

不莱梅　　驴狗猫鸡叠罗汉

话说驴狗猫鸡叠罗汉　　踩在背上合唱

将强盗们　　赶出了森林小屋

有理想的它们　　那一天外逃报考了音乐家

只不过想要的春天　　比歌声更具体

春天　　也就不会将彼此分离

法兰克福　　皇帝大教堂

皇帝大教堂　　用余光喂养自己的命

在罗马广场东侧　　你是墙上四面威风的影子

风儿也吹得人群的身影　　慢吞吞地围拢

它们轻轻地摇动　　谁也不影响谁

随法兰克福远处的路在翻山　　山在缓缓地爬坡

法兰克福　　艾米利大圣堂

那年西哥特人入侵　　焚烧硬币

残留许多的铜绿色斑点　　在人行道上

凭艾米利大圣堂记忆　　是另外一个版本

法兰克福　　维斯塔

维斯塔手中的火焰　　是罗马帝国

一个砝码　　可以测定出一个国家的重量

以这种燃烧警告　　以六位贞女祭司守护神

为处女为罗马的家庭　　轮流守卫

法兰克福　　君士坦丁集会堂

走进法兰克福的君士坦丁集会堂　　半圆形的后殿

六边形的大拱门　　一种古典的对称

距离被缝合　　就再不愿分开

法兰克福　　罗马贝格广场

没有月光的罗马贝格广场　　镜子总觉得孤零零的

它只是万物的反光　　它是没有脑子的

而你没有月光　　也是存在四百多年的万物

有没有月光　　三十年间同一个德国发动了

两次世界大战　　希特勒竟然挥刀从银幕深处

屠杀了六百万犹太人　　他起早摸黑地

洗净了自己的身子　　化身飘动的一条白幡插入了坟墓

法兰克福　　公平女神

你渴望生命的目光呢　　以女神的右手握着利剑

象征着　　你内心是想维护正义的

以左手举起了天平　　你曾经是尊重公平的

一辈子的公平女神呀　　一辈子就是站岗在美因河畔

像一辈子的石榴　　无非有枝可依有根可抵

二○一六年五月二十二日

德国法兰克福

米开朗基罗的最后的圣殇

由我眼中　　梵蒂冈升起的那一枚月亮

被地中海磨亮以后　　隐居在自己的光芒中

一四九八年　　罗马的极高荣誉

化身一道夕光　　从米开朗基罗身后斜插过来

针锋相对　　深深地陷在镜子里无法自拔

耶稣透过了死亡的虚弱　　横躺在圣母玛利亚

两膝中间　　横躺得像一条河

柔软地流淌　　缓缓经过了你的视网膜

耶稣肋骨下的疤痕　　绷紧了手上的肌肉

微微垂着无声的轻蔑　　一种止息着的骚动的力

充满着不屑与悲壮的感觉　　在一双已熟睡的眼睛里

圣母玛利亚　　你只是光滑的人体

被折褶繁复的衣纹　　掩蔽了细微的羞怯

你只是右手完完全全地张开　　修长的长短匀称的五指

使劲托住了袍布上的耶稣　　你只是

掩蔽了已冰冷的身躯　　掩蔽了

漫不经心的假想

你只是秀美的左手　　孤立无援

却微微摊开　　陷入无数细密的衣褶

陷入静默　　你只是陷入了坚强陷入了隐忍

我呆呆的　　等在祷席上回过神来

陶醉了的一颗中国灵魂　　已然被眷顾

有如　　新搭鸟巢的树梢上

生命和爱的火花　　只是寂静一闪

树影起伏　　耸立在广场的二百八十四根

托斯卡拉式的柱子　　就有了地中海潮汐般的感觉

二○一七年五月四日

梵蒂冈

和意大利古罗马斗兽场对视

天地间有许多景象　　是要闭了眼

才能看得见的　　譬如梦

和意大利古罗马斗兽场对视　　默默相认

我确认　　是扮演的斯巴达克斯

你是　　范莱丽雅·梅萨拉

否则镜框里的合影　　不会手心沁汗

你只是拢了拢我的腰　　就让我

在君士坦丁凯旋门　　打开

想象的空间　　腾云驾雾地匆匆赶到了

公元前　　七十三年

在核桃似的秘密的新房　　范莱丽雅

你曾经用果肉　　把斯巴达克斯的我死死地包紧

曾经范莱丽雅　　你相信三层的筒形拱上

支撑起来的八十个环形券廊　　因为

有了和角斗士的爱情　　容纳九万人的斗兽场

才有了　　仰望的一个最好角度

有了惊心动魄的故事　　手指才

哆哆嗦嗦地滑过　　摸索到两千多年前的体温

曾经的斗兽场　　曾经的自相残杀

曾经的五千头猛兽　　曾经的三千条人命

也就不必奇怪在角斗台　　随便抓一把泥土手一捏

那一股腥气扑鼻的斑斑血迹　　就印在了手掌

那血迹若隐若现　　印出了阿普里亚决战

那起义军　　六千名钉死在罗马大道的十字架上

六万名　　和斯巴达克斯一起战死

那一笔让画面　　动了起来的是台伯河

范莱丽雅　　你是一只飞回的山鹰

在半空戛然而止　　孤零零的

发出了一声声悲哀的号叫　　似乎诀别

斯巴达克斯　　从此影子一样

无处不在又触摸不着　　和意大利的空气

随心所欲地飘移　　你无论在哪里

你喝咖啡　　你登山　　你躲进了被窝里

你　　尝试着闭上了眼睛

在大脑空白处　　你乘了一块乌云飘过来

悬浮很久不愿退去　　你曾经

借两支黑洞洞的枪口　　瞄准了太阳穴

你喊　　斯巴达克斯名字的时候

仿佛扣动了记忆的枪机　　身体像山洞

到处都是弹壳落地　　一声慢一声的清脆回音

古罗马历史　　已被你绝望的叫喊声

撕成了　　一层层冲天的礼花碎片

二○一七年五月五日

意大利罗马

二○一八年七月

《诗刊》上半月刊

喜欢躲藏在水里的威尼斯故事

一二九五年　　台风拨开了海面

高高抬起了伫立在船头的　　马可·波罗

目光越过堤岸　　圣马可大教堂镜子一般在思忖

艾丽斯　　你红色雀斑的脸

闪现出失去了平衡的　　惶恐的神情

天真无邪的眸子两颗蓝宝石一样　　直直地盯着

你变亮的目光　　反复打量从中国带回的宝贝

一只通透的　　矢车菊玻璃花瓶

像仙女落下的一个物件　　渐变的璀璨缤纷

的确是有一些俏皮　　一天天看久了

就有一种灵魂　　被你吸进去的诡异感觉

一种饥渴　　顿时胸口里小鹿乱撞

你在布拉诺岛　　说过许多天真直白的话

或许摆一件旧物　　有意将一些小情调摆在窗台上

就能　　唤回少女时曾经的叫喊

水面上一艘贡多拉　　波光粼粼的

两头翘起艾丽斯的身影　　慢慢地绕过

四〇一座桥梁　　绕过一七七条水道

绕过总督府和威尼斯监狱　　就慢慢地绕过了

叹息桥下　　一对恋人的接吻

你的一小段回忆　　喜欢躲藏在

水里的威尼斯故事　　喜欢躲藏在水里才敢大胆接吻的故事

圣马可钟楼的风　　是醉人的

吹得　　古老的五瓣玫瑰娇媚无骨

一片片花瓣　　随心所欲

频频地抛出了　　一个个醉人的飞吻

就是　　有意把马可·波罗渐渐染成微醺的红

二〇一七年五月六日
意大利威尼斯
二〇一八年七月
《诗刊》上半月刊

茜茜公主瓷制的德国新天鹅堡

只要　　通往童话世界的入口在这里

只要路德维希王子你踏入　　光阴就慢了下来

红色的回廊在等　　螺旋阶梯盘旋向下耐心地在等

在等　　茜茜公主瓷制的德国新天鹅堡

你在暗恋　　一只天鹅追另一只天鹅

除了　　十五岁的表姑茜茜公主

你别无所求　　可她却必须

嫁给奥地利国王　　从此地上

有一棵橡树的阴影部分　　天天在瘦下去

路德维希王子　　厌恶慕尼黑的人身攻击

和政治密谋　　却喜欢巴伐利亚山林

被小小矢车菊小小的快乐围绕　　而被一个

天鹅湖照应的是　　中世纪骑士精神的今天舞台设计

你沉溺瓦格纳的剧本　　沉溺美学虚幻

沉溺塑造舞剧的一个背景　　导演王子和公主

在童话里牵手　　踮起了脚尖走过场

不安静的茜茜公主　　在天上云一般潺潺走动

阿尔卑斯湖　　就荡漾着王子的你

从窗户　　朝着迷人的巴伐利亚山水发呆

二十二岁那年　　王子的魂儿弄丢了

再也不轻易地抛头露面　　甚至白鹳一样

你选择了长途夜行　　选择了在梦里继续纠缠

牧神午后　　破灭了　　陌生人和森林女神相拥

破灭了德国　　也可以出一个浪漫的童话

一八八六年六月十二日　　茜茜公主

一个平静明亮的眼神　　唤起

路德维希二世　　你对黑暗最后的一次恐慌

二〇一七年五月八日

德国巴伐利亚新天鹅堡

奥地利　　已经把心空出来

索非娅你拼命地叫喊声　　高过了天堂轰鸣的钟声

才把阿尔卑斯山　　峡谷深处的生命唤醒

你用岩石割断动脉　　血来自体内的四面八方

来不及红　　就被雪下得纷纷白了

幸亏直升飞机　　发现你还在爬行的血迹

发现了女儿在死人活人之间　　隐秘的一条支离破碎的路径

罗莎琳都十三岁了　　还在被恶少欺侮

犹如祖传的　　一把维也纳小提琴

持续的琴声被一声狗叫　　挡在因斯布鲁克街头

如同一颗施华洛世奇水晶石　　在你手指上

耀人的眼睛　　生怕灿烂得被人偷走

幻想巴特奥塞水仙节　　小小罗莎琳当年

被选为水仙公主　　金黄色的头发

往下滴着水　　带着说不出来

潜伏着的　　气味质感

女儿装着看那些零落岸边的　　水仙花

在水边或安静地黄　　或安静地白

任月光　　将水面吹得褶皱

女儿在你碑前说话　　献花

就像在你的身上　　栽了一株又一株水仙花

你就会做梦　　就会游魂

就会感觉　　体内发胀

三月的风心痴　　心痴地将水仙花

不管不顾地吹破了　　缓缓溢出的米色汁液

让你　　顿时产生许多的快感

奥地利　　已经把心空出来

二〇一七年五月九日
奥地利

我听到瑞士少女峰起伏时的心跳

我一味地想　　我一直在来回走动

全部滋味在脚下　　如同一只德国猎犬

我搜索　　我听到瑞士少女峰起伏时的心跳

你是一位爱害羞的少女　　身影

洄游到伯尔尼高地　　我似乎

沉醉于找人　　这里即是历史的一个入口

早先传说天使来到了凡间　　在山谷里

最迷人的地方躺下　　漫山遍野铺上了鲜花

就会有人借口　　来打扰你亲近你

甚至于云朵的背后　　跑来了扮演的白马王子

艾格峰　　将头颅伸进了你的窗户

在图恩湖底　　你放纵过也懂得节制地爱

过的日子童话一般　　少女峰

你的存在　　让阿尔卑斯山脉更加真实

看艾格峰一天一天美滋滋的　　看因特拉肯

一架红色直升飞机飞过　　也是绕来绕去才飞过

你假借受了惊吓　　从空旷中缓缓地转过身来

调皮的一双蓝眼睛　　半睁半闭

你纯粹的　　你渴求的　　飞离了肉体

你甚至于把自己的　　一颗少女的心

也化成了一阵风　　将艾格峰频频地晃动

在阿雷奇冰河　　在最深的尺度

完全失控　　慢慢地消失

云纱半掩的一座少女峰　　今天变得比空气还要轻

早晚会飘起来的　　稍带娇羞但又关切的雪

为你下　　可望不可及的雪绒花为你开

二〇一七年五月十日

瑞士少女峰

法国巴黎埃菲尔铁塔托梦（组诗）

埃菲尔铁塔托梦

埃菲尔铁塔跟着晨光奔跑　　试图摆脱

沉睡的巴黎　　像一个试图摆脱黑夜的尼斯湖水怪

为了最后能游到岸上　　与自己的影子兑现灵与肉的奇妙组合

然后　　铁塔也跟着月光奔跑　　若有些浪漫的意思

还托梦　　还在梦境中出现一位法国妙龄少女

手指参观券嘱咐我　　耐心地教我

教我五法郎　　就能够乘电梯到达顶层

教我对高高的铁塔　　要像对情人殷勤地呵护

教我适当的油漆　　才能保障三百二十四米

建筑的气势　　兀立云端怎样的骄傲

还教我　　巴黎曾经强烈排斥和憎恶

埃菲尔铁塔　　像她经历过孤独地俯视全城

教我的梦幻般的　　那一位法国温和的女孩

说话时带着柔柔的目光　　停顿一下

站在很大的阳光下面　　突然流泪

一张普通参观券　　在我的手心里攒满了汗

我把法兰西共和国的江山　　掂了掂

凯旋门的正下方

凯旋门的正下方　　一位法国无名战士

拥有　　他一个人的一座烈士墓

他在这里安息　　极尽奢华

我正赶上从拱门顶端　　一面

十多米长的法兰西共和国　　国旗

直垂下来　　仿佛一个日日夜夜传送火炬的工具

国旗在广场上空迎风飘扬　　将死难的

一百五十多万法国官兵的名字　　挨个唤着

圣母院的两只蝴蝶

在这座尖顶钟楼的阴暗角落里　　我

发现了墙上　　手刻的字迹　　ＡＮＡＲＫＨ

几个大写的希腊字母　　命运　　黑黝黝的

凹陷在石头里面　　记住一次又一次血雨腥风的侵蚀

隶属于巴黎圣母院的两只蝴蝶　　在教堂的拐角处

飞来飞去的渴望调情　　渴望飞往风暴的中心

渴望两颗心脏　　匍匐于同一个倒影

爱斯梅哈尔达　　歌唱着自己的身世

像洋葱一层层剥开的泪水　　所推进的情节

她的蓝眼睛　　滚动起罗亚尔河的波澜

仿佛凡·高画中的向日葵　　不仅仅是一棵植物

而是　　带有原始冲动的一个生命

她要开出一个　　男性的太阳

加西莫多　　还是一个吉卜赛畸形婴儿

对枯涩的咀嚼　　还远远不够

像一只蝉使尽力气　　一声一声淘空了自己

卢浮宫为全人类铸造

卢浮宫为全人类铸造　　塞纳河北岸的

梦境般的　　一座磁石一样的山

磁石般吸引一颗一颗船钉　　一百多根长长的立柱

渐渐地　　渐渐地有了伸手抚摸的感觉

一百多根立柱伸手抚摸　　风一样

把爱神维纳斯　　胜利女神尼卡

蒙娜丽莎　　最后的余温朝落日缓缓吹去

苍鹰的影子掠过　　卢浮宫战栗

我怀抱一块木板　　浮出法国卢浮宫波澜壮阔的水面

飘荡的身体　　希望能克制这样的眼前

而灵魂　　索性从存在的前面

绕到　　存在的背后

二〇一七年五月十二日

法国巴黎卢浮宫

迷魂的雅典帕特农神庙浮雕

爱马仕一位信使神　　你一顶旅行帽放在膝上

像泰晤士河流得疲倦了　　倒映出

路人的目光　　也是一种伤害

看是揪心　　不看却是另外更大的揪心

赫柏　　你是宙斯的送信人

化身小云雀冲天而飞　　或放开喉咙

大声叫唤　　或半空瞬间停留炫耀

像一朵白玫瑰　　说开就一下子提前开放了

而一块大理石上的两个人物　　雕刻得很细致

爱神阿佛洛狄忒　　斜靠在母亲的膝盖上

斜靠的哼唱　　交给了泰晤士街头

像一炷迷香在人群中　　低落地徘徊

二〇一七年五月十四日

英国大英博物馆

你一阵风　　从英国巴斯城里刮走了

在巴斯街头　　一刹那看到少妇简·奥斯汀
就看到了　　你眸子里的傲慢与偏见
看到你拐弯的样子　　就看到了最高贵的曲线

你的皇家范儿　　你的猩红的嘴唇吐出迷乱
你的每一股狐骚味儿都有记忆　　你的狂笑扯乱了你任性的背影

你一阵风　　从英国巴斯城里刮走了
刮走了十八世纪皇家新月楼　　烟视媚行的影子
刮走了浴池博物馆　　暗中妒火中烧的印象
你一阵风一下子　　把能刮走的都刮走了

你自己看不到的　　普尔特尼大桥下
热衷缓缓流淌的真实　　散落巴斯古墙缓慢爬动的
支支蔓蔓　　见到清雅就感受安逸的真实

二〇一七年五月十五日
英国巴斯城

扎营在英国梦中的巨石阵

四千三百年前的几个外星人　　降落索尔兹伯里

预测太阳运行的轨道　　计算五十六个洞

巨石的排列　　像金字塔黄金分割比

是巨石们围拢　　举行的德鲁伊教活人献祭仪式

完成了用一生的时光　　才将自己走成了一道黑色的闪电

终于把身体里所有的黑暗　　一下子走完了

扎营在英国梦中的巨石阵　　像马蹄扬起一阵一阵

嘈杂的欢叫　　恰似一百八十块大砂岩

码着细密的针脚　　绗缝猫踩瓦沿的神秘力量

每一块巨石都会出落成花　　月光

就将熟悉橡树的人　　你多欲的躯干浮起来

好比埃文河水　　一旦从脑海里流过就再也难以抹去

二〇一七年五月十六日
英国威尔特郡

还在英国剑桥大学的徐志摩

康河像一面镜子耐心守候　　它宁愿相信徐志摩已经
化身一束耀眼的阳光　　偷偷地隐身水面
隐身剑桥大学　　隐身康桥旁边一座青石诗碑

一只蓝冠山雀的惊奇　　及沿岸片片树叶的诧异
似乎罔顾了大清早的事实　　徐志摩呀
你真的是为陆小曼　　活了过来么

你依然快活开朗　　像鸡冠花威风凛凛地站直了
在校园里开得奔放　　是完全没有尺度的

你依然偏爱戴软呢帽　　戴标志性的一副圆形眼镜
偏爱率性地　　往明亮的草地上一躺
想象晨曦塞入锁孔　　黑暗的门被依次打开

你依然情不自禁　　用手指头轻轻地
划过诗碑上的几行诗　　划过
凹陷了的灵魂　　你醉眼蒙眬的朗读声
让邻近剑桥大学河畔的牛刍草声　　晚钟声　　都响应
让树叶一起纷纷地凋零　　也跟随着响应

你依然那么痴迷不悟的　　以为抛洒三杯

英国白兰地　　就可以铺一条思念的路

就可以早出晚归　　将陆小曼拽向了时光的黑洞

可是　　你一九三一年十一月十八日

一去就再也不回　　陆小曼早先

进进出出柔艳的穿梭　　变成了素服终身

二十年不死心　　无边的苦难由一座康桥日以继夜支撑

康桥是有灵魂的　　风吹就像吹着一位恋人

给镜子般的康河加深了印象　　风直吹的水面为鼓

击打出一阵阵的鼓点儿　　把肇事者从人间一下子就发配到镜中

二〇一七年五月十八日

英国剑桥大学

小泽征尔　　你跪下听二泉映月

小泽征尔　　你跪下听二泉映月

你恨不得替代华彦钧　　拉起那一把托音胡琴

你用耳朵分辨　　分辨它泛泛而谈地发泄的样子

你以一个节拍一个节拍　　缓慢地分辨

你如果在鼋头渚的月光下　　挥舞一根指挥棒

五十多个岛屿　　就忧愁了就疼痛了

太湖　　就有了泪流满面的诗意了

小泽征尔　　你一站上指挥台就以交响乐指挥的名义

剥开太湖的皮肤　　从湖水中

取出太湖的一块块骨头　　和一滴滴眼泪

同样　　你也在翻晒自己

翻晒身体里的水分　　当更多的盐

被取走　　你的血液会一再地

浓缩提纯　　会增加旋律的另外一种浓度

你双目紧闭　　似乎捂住冒血的伤口

又发出　　悲凉的嗥叫声

可谁知鞭子是从内心　　抽出的

像烧红了并冒烟的烙铁　　烙在你瞬间跳出了

胸口的心脏上　　你就是一只飞蛾

扑向火光里　　灰烬缓缓地落下

疼　　痛　　占据了你的双肩

你感觉体内　　长出了一对翅膀

在风口轻轻地飞翔　　多么具有张力

正在　　不断减弱的琴声

樱花树下　　无数的根根须须

天天用月光温一壶浊酒　　醉着过夜

它们　　在暗中跟自己较劲

二〇〇六年十二月

《星星》诗歌半月刊增刊

二〇二〇年二月

江苏作协约稿再修改

一首诗歌的意境之美

——论《小泽征尔　你跪下听二泉映月》

如果要在文学体裁中找出与音乐最相关的形式，那一定是诗歌。不仅因为诗歌的源头就伴随着音乐的应和，也不仅是因为诗歌作为一种高度集中的反映生活和表达思想的文学体裁本身就含有节奏和韵律，更重要的是如果用诗歌的形式来表现音乐，那么一定有一种浑然天成的美感。

《小泽征尔　你跪下听二泉映月》就很好地用诗的形式来重现音乐的魅力。初看诗的题目，我们就不由自主地想起小泽征尔的那句"《二泉映月》应该跪下来听"的肺腑之言。

《二泉映月》作为中国近现代民族器乐创作的优秀代表，展现的是中华民族的神韵，然而可以引起异国艺术家如此强烈的共鸣，这取决于艺术作品本身深沉质朴、刚柔并济、动人心魄的无穷意境。而本诗正是用现代诗歌的语言重现了这种意境。

意境是中国古典文论中独创的一个概念，它是指文学作品中呈现的那种情景交融、虚实相生的形象系统及其所诱发和开拓的审美想象空间。

本诗即从两个层面体现了诗歌的意境之美。

首先，情景交融。王国维说过："文学中有二元质焉：曰景，曰情。"意境创造就是把两者结合起来的艺术。好的诗歌还能够"景中生情，情中含景"。

本诗中借助了与《二泉映月》紧密相关的太湖之景：

小泽征尔　　你跪下听二泉映月

你恨不得替代华彦钧　　拉起那一把托音胡琴

你用耳朵分辨　　分辨它泛泛而谈地发泄的样子

你以一个节拍一个节拍　　缓慢地分辨

用诗歌跳跃灵动的节奏表达一种浓烈的情绪，而这种情绪也正是《二泉映月》自始至终要表达的一位饱尝人间辛酸和痛苦的盲艺人的思绪情感。

其次，虚实相生。"虚"与"实"这对哲学范畴是意境创造的结构特征。"实"即意境中"如在眼前"的方面。"虚"即意境中"见于言外"的方面。

一方面，通过对实境的到位描写使得原有画面在联想中延伸和扩大；另一方面，虚境是伴随着实境的联想而产生的对情、神、意的体味与感悟，即所谓"不尽之意"。

本诗中首先描写了一个实在的场景：

你如果在鼋头渚的月光下　　挥舞一根指挥棒

五十多个岛屿　　就忧愁了就疼痛了

太湖　　就有了泪流满面的诗意了

由这个实在的场景首先引出了"五十多个岛屿　　就忧愁了就疼痛了"一个审美想象的空间。

紧接着又引出了第二个审美想象的空间：

同样　　你也在翻晒自己

翻晒身体里的水分　　当更多的盐

被取走　　你的血液会一再地

浓缩提纯　　会增加旋律的另外一种浓度

这样将《二泉映月》与指挥棒统一在一个实境中，而这两个审美想象空间就是虚境。

虚境是实境的升华，它体现着实境创造的意向和目的，体现着整个意境的艺术品位和审美效果，《小泽征尔　你跪下听二泉映月》即将实境与虚境很好地结合在一起了：

樱花树下　　无数的根根须须

天天用月光温一壶浊酒　　醉着过夜

它们　　在暗中跟自己较劲

姜春邻

二〇二〇年九月一日

北京文都教育考研教学研究院

点亮了诗人今天的灵魂

《米开朗基罗的最后的圣殇》：鲜明的意象富有象征，如梵蒂冈的月亮，是诗歌的氛围，也是主题。耶稣基督之魂爆发的灵性之光，凭借诗人南边姜荣对雕像的细节描写，点亮了两千年前的暗黑和诗人今天的灵魂。

如果诗是夜空，比喻就是月亮，梵蒂冈的月亮，一双已经熟睡的眼睛。"柔软得像一条河""一双已熟睡的眼睛"有"荷马式比喻"之妙。

《喜欢躲藏在水里的威尼斯故事》：诗人南边姜荣的笔下，雀斑也能点睛，台风和船、教堂和钟楼、花瓶和花儿、桥梁和水道都因一个想象中的艾丽斯的红色雀斑而跳跃起来，在诗里，在马可·波罗的心里。

《茜茜公主瓷制的德国新天鹅堡》："大都好物不坚牢，彩云易散琉璃脆"（白居易），坚固的天鹅堡却是"瓷制的"，路德维希和茜茜公主的梦在那个恐慌的暗夜碎了，在诗人的伤感中破灭了，悲剧就是把美好破碎给人看。

《奥地利　已经把心空出来》：传说和地方风物之美妙在诗歌里复活了美丽姑娘的形象中，被赋予生命力和诗情愫。

《我听到瑞士少女峰起伏时的心跳》：用第二人称"你"来叙事、抒情，似乎少女峰就站在诗人面前，俏皮活泼，风姿绰约。第二人称之妙，本诗却只取了一半，"我"与"你"对视抒情，才是更闪亮的另一半，取否？

《法国巴黎埃菲尔铁塔托梦》（组诗）：其中最富想象而最能表现其特点的是卢浮宫，磁石山吸引船钉，立柱托起镇馆三宝，而"我"却漂在万千宝物卢浮宫的水面上，几乎沉溺，诗人对自己的独特想象表现了宝物浩瀚如洋，自己心醉如溺。

《你一阵风　从英国巴斯城里刮走了》：古老的巴斯城，以黄昏里的狐骚味，把典雅的传统和刻毒的妒忌写活了，刺激了诗人和读者的嗅觉。读其诗，似闻之。

《还在英国剑桥大学的徐志摩》：这首诗由剑桥大学《再别康桥》的诗碑引起，诗人却看到了徐志摩背后的陆小曼，读者从她的穿越里，读出了徐志摩才情的悲剧宿命、诗人南边姜荣的喟叹和崇拜，"康桥是有灵魂的　风吹就像吹着一位恋人"。

徐大宁

二○一八年十月一日

论《第五辑 和意大利古罗马斗兽场对视》

　　　　　　　　　　　　　　　　　——微信们的评论

　　富有动感的精美文字，诗美，音律美，如清澈的目光，照亮了天空的浮云，拜读并问候南边姜荣兄。　　——《诗刊》阎延文

　　《李雪珂翻译的克里姆林宫》（组诗），关键是作者对李雪珂、对克里姆林宫知心，对人和物知心，而刻画人和物的最高境界就是知心，其他的都不如，甚至鲜活都不如，因为知心使得人物透明，更具认知和审美价值。　　　　　　　　　　　　——刘刚

　　《达·芬奇死后也不会让冬宫安静》，如果我们能真诚面对自己的灵魂已是难得了，那也是一种苦行。诗很有风格，说明你很有个性。具有震撼的力量，感动是内心的觉醒。——轻松

　　《我把一位挪威少女羞涩的碧眼写了》（组诗），清新，自然，写得好，我要向你学习写诗的技巧。

　　我不知道对你说什么了，你这样热情。你诗意的文字，你给予的美好，我喜欢。等我上传了我的声音，你就可以听到我朗诵你的诗，幸福像花儿静静地开放。　　　　　　　——小湄

　　《看守波罗的海的丹麦美人鱼》，很美的诗意，内涵丰富，入木三分，你好顺眼，带回家了。　　　　　　　　——军中女娃

读了《米开朗基罗的最后的圣殇》，你偏爱重复，一些好的诗就在于不断地重复，柳永重复女性的美，李白重复英雄气概，在重复的过程中，把自己最擅长的风格题材充分发挥出来。

你重复写自己最擅长的东西，添加新的感受，于是，一幅又一幅动人的画面，自然就出来了。　　　　　　　　　　——刘刚

南边姜荣动笔便是激情篇章，开口就是半个盛唐！万千气象注于你旖旎诗行，歌行体的西欧美在韵脚宫商。　　　——徐大宁

影集里有我帮你和一对老外情侣拍的美照，你身旁的美眉就是令你浑身颤抖，激发写作灵感的那一位呀。

曾经有驴友阻止你将《和意大利古罗马斗兽场对视》再读下去，那真是燃情的时光，因为他已经被感动。　　　　——万振新

诗有长进，尤其是《和意大利古罗马斗兽场对视》，嗯，读过你的诗再去古罗马就对了。

而我一直对爱情是什么感到困惑，现在居然不困惑了，这种读诗歌的体验从未有过。　　　　　　　　　　——刘刚

前次选送的大作两首《和意大利古罗马斗兽场对视》《喜欢躲藏在水里的威尼斯故事》已三审通过。《诗刊》来稿发表很难，这次能通过两首，我也为老朋友高兴。　　　　　　——阎延文

读了战友的诗，仿佛看了一部大片，穿越古罗马，置身斗兽场，对视，还是永恒的古罗马斗兽场主题！ ——张建新

惊喜战友南边姜荣的又一杰作。体验诗歌中斗兽场的壮烈，体验惊心动魄，不寒而栗，体验爱情的凄美、一次悲壮的穿越，体验残垣断壁的对视。是的，读过你的诗再去古罗马就对了。

《和意大利古罗马斗兽场对视》很震撼，在《诗刊》上发表，可见非同一般，不得了，战友南边姜荣！ ——徐莉

经典的诗《和意大利古罗马斗兽场对视》。

一辈子可以写一万首诗，读者最多记住诗人的名字，但你的诗听一遍，泪就涌了出来。 ——吴声和

读了《喜欢躲藏在水里的威尼斯故事》，叹息桥，在寥寥数语的静态描写中，充满了欲望——威尼斯的魅影。 ——小楼疏雨

谢谢你信任我，把你的诗发给我看。

你的《茜茜公主瓷制的德国新天鹅堡》等诗歌，学习了，因为我没有去过欧洲，对你的描述比较陌生，这里面的典故只有透过你的诗来了解。就诗语言来说，写得也很流畅，叙事、抒情兼顾，节奏感也明显，这三首不失为一组好诗。

至于修改，就不必了，我以为你的诗没有常识性的问题，诗歌只有作者本人才有修改的权力，任何人只有建议，因为诗无达诂，

别人也不可能了解你对语言的感觉。　　　　　　——诗人李南

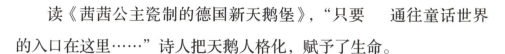

读《茜茜公主瓷制的德国新天鹅堡》，"只要　通往童话世界的入口在这里……"诗人把天鹅人格化，赋予了生命。

由于基调和情绪的需要，这首诗基本采用了短促有力的节奏，极好地表达了那种愤懑甚至诅咒的急切心态，那种变化莫测构成了这首诗的又一特色。

南边姜荣灵动地描述出这幅错综复杂的画面，而我概括了诗中有画的一些特点，是从现实的角度去写的。　　　　　——槐里人

南边姜荣，你写的诗《茜茜公主瓷制的德国新天鹅堡》有点童话的纯真纯粹的感觉，读了又读，直至深夜。

诗性的语言文字清丽婉约，优雅缠绵，令人遐想，叫人眼前一亮，很久没有读这样的好诗了。　　　　　　　　——夏花

《奥地利　已经把心空出来》的前半部分平铺直叙，波澜不惊，不料笔锋一转，别出新意，却是那样动容，看来诗歌语言中逆向思维很重要啊，喜欢你字里行间有股阳光的味道。

诗的结构、技巧和主题都很精致，手法纯熟，描述含蓄，意境也较符合情绪的抒发，具有感染力。　　　　　　——三燕一叶

《我听到瑞士少女峰起伏时的心跳》，你飘逸的诗句很具画面感。读你，有一种深深的感动流淌在字里行间。　　　　——梦之舞

好喜欢读南边姜荣的诗，品味你的思想，感受你的一片热情！诗的手法纯熟，描述含蓄，具有感染力。　　　　——花8888

《法国巴黎埃菲尔铁塔托梦》(组诗)的构思极其神妙，托梦，进入梦境，而咱们就染上了法国妙龄少女的气韵哩。不过阁下对她的美丽多情写得还不够贴近。

我以为她的魅力与梦者的怎么着也得有一个交集吧，或者转换成为罗亚尔河的清澈与深沉？　　　　——刘刚

你的诗《迷魂的雅典帕特农神庙浮雕》真挚而飘逸，流畅而脱俗。看了南边姜荣的诗，才知道可以写得诗中有画，画中有诗的，诗真是美极了，耐品是一种享受。　　　　——留守的心

《你一阵风　从英国巴斯城里刮走了》，诗的跳跃般的音符描写的向往和迷醉，梦境般的色彩叫人享受又浮想联翩。

整篇用词精练，诗人化景物为情思，自然如行云流水，内含无穷的意味，幽远而浪漫，感受一种欲说还休的躁动，在这个看似宁静的夜晚。　　　　——雪梅

《扎营在英国梦中的巨石阵》几乎每一篇都有自己最擅长的东西在里面，并不是说从此写作的视野就弄狭窄了，不是的。

仍然可以面对整个世界，只是要把自己最擅长的东西放进去，从而形成独特性，南边姜荣同志。　　　　——千里之外

水流走了　岸还在

佩服你在一个没有诗意的年代还写诗；语言丰富，耐读，排列也有呼应；读你如此精彩的诗作，是一种享受。　　——春燕

这一次的作品《还在英国剑桥大学的徐志摩》，可能是我读到阁下的最好的诗篇，我读了好几遍。从未曾开发的，把缺乏诗意的东西变成诗。　　　　　　　　　　　　　　　——柳暗花明

南边姜荣，你具有了一个诗人的敏感性，将细微的东西放大，用自己的语言准确地表达出来。

诗人，这应该算一个职业吧。从你平时的说话、语言表达可以看出，你是很优秀的，我觉得你很成功。　　　　　——西安刘琼

诗歌之美源于自由：心灵的自由，精神的自由。

　　　　　　　　　　　　　　　　　　　　　——李南

你的诗歌如同你的人品，非常成熟！　　　　　——亚华

南边姜荣思维敏捷，情绪饱满，文采飘逸，且想象力丰富，属天生会写诗的那一类人，真是令人羡慕妒忌加爱。

　　　　　　　　　　　　　　　　　　　　——永建

你的《还在英国剑桥大学的徐志摩》，如同谱写跳跃般的音符，时空转换、想象与现实交替自如。

南边姜荣，活成诗的诗人。　　　　　　　　——竹君

水流走了　岸还在

欧洲诗印象

莫斯科 / 克里姆林宫

《李雪珂翻译的克里姆林宫》（组诗）

（189 页）

欧洲诗印象

芬兰／赫尔辛基
《西贝柳斯你打开了芬兰的生命出口》（组诗）
（195 页）

水流走了　岸还在

瑞典：斯德哥尔摩
2016.5.15

瑞典／斯德哥尔摩

《瑞典你多方位地从内心打开》（组诗）

（197页）

欧洲诗印象

挪威／峡湾小镇莱达尔

《我把一位挪威少女羞涩的碧眼写了》（组诗）

（200页）

欧洲诗印象

挪威／峡湾小镇莱达尔

《我把一位挪威少女羞涩的碧眼写了》（组诗）

（200 页）

欧洲诗印象

丹麦 / 哥本哈根

《看守波罗的海的丹麦美人鱼》

（203 页）

水
流
走
了

岸
还
在

欧洲诗印象

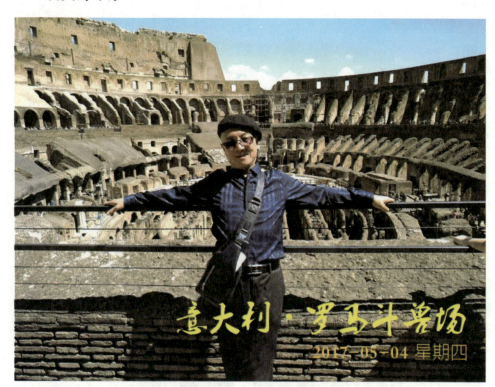

意大利／罗马

《和意大利古罗马斗兽场对视》

（211页）

欧洲诗印象

意大利／罗马

《和意大利古罗马斗兽场对视》

（211 页）

欧洲诗印象

德国／巴伐利亚新天鹅堡

《茜茜公主瓷制的德国新天鹅堡》

（216页）

欧洲诗印象

法国／巴黎埃菲尔铁塔

《法国巴黎埃菲尔铁塔托梦》（组诗）

（222页）

水流走了　岸还在

欧洲诗印象

法国／巴黎埃菲尔铁塔

《法国巴黎埃菲尔铁塔托梦》（组诗）

（222页）

欧洲诗印象

英国·剑桥大学
2017.05.18

英国／剑桥大学
《还在英国剑桥大学的徐志摩》
（229 页）

水流走了 岸还在

欧洲诗印象

英国／剑桥大学

《还在英国剑桥大学的徐志摩》

（229 页）

第六辑

诗人博客

新疆托木尔大峡谷

约您写篇"读诗"

读诗文本　　冯至：蛇（《诗刊》卷首）

《诗刊》编辑评论

《诗探索》昆山诗歌论坛

诗歌创作发表年表

约您写篇"读诗"

南边姜荣诗友：你好！

历次大作均收到，会努力推荐。

但现在《诗刊》新诗稿件积累较多，发表比较困难。

我想约您写篇"读诗"。读诗是放在诗刊卷首的一个栏目，对经典名诗写一篇七八百字的解读文章，要求文字深刻精美，写出独到的诗歌感觉和理论视角。

名诗文本我们已定好，此次发的《读诗文本：蛇》就是要解读的原诗。这是冯至名作，应该能找到参照，最好能写出与众不同的新意。凭借您的诗人感觉应该能写得很精彩。

如果一个月内完成，春节前能电邮发我为盼。请见三个附件。

阎延文

《诗刊》编辑部

二〇一五年十二月三十一日

读诗文本　　冯至：蛇（《诗刊》卷首）

闷骚的供状

《蛇》，闷骚的供状。

诗人以变温动物的蛇来比喻，不但新奇、大胆、贴切，而且突破了人们的审美常规：内心"寂寞"，外表安静，秘密难以言传，心里却害着热烈的乡思。

闷骚是无奈的伪装面具、隐忍而不失优雅的性感，以婉转的吴侬软语、漫不经心的眼神，挠动你身上每一处躁动的神经末梢："我的寂寞是一条长蛇……"

《蛇》，胸中燃起无法遏制的爱情烈焰，可表面很克制，故作深沉："它是我忠诚的侣伴……"

诗中"你"是一个诗的对话者，寄托了诗人的渴望，轻盈、迅捷、灵性地迂回曲折，用柏拉图的"精神恋爱"，蛇呀"它月影一般轻轻地……"

这样从诗一开始的"你万一梦到它时"又回到了对方的梦，全诗就这样写出了一种"互梦"互动："蛇"梦到了那"茂密的草原"，而对方也梦到了这条"蛇"；更为奇异的是"它把你的梦境衔了来／像一只绯红的花朵"：

A.诗由朦胧的情感和奇异的意象加重了"绯红"的色调。

B.梦到这条蛇的羞涩，"绯红"恰好是一种浓郁的羞涩情感。

C.用"绯红"的色彩和阴影来表达沉郁，读后为这种气氛所萦绕。

《蛇》，或许是诗人深深眷恋的一个晶莹剔透的女子，因为单纯，受尽了委屈和挫败；或许纯属偶然，备受命运的恩惠与眷顾；或许单相思，培养了想象力……

不同闷骚的供状，却彰显了诗意相同的张力，直抵人心。

南边姜荣

二〇一六年一月八日

附：

蛇

我的寂寞是一条长蛇 / 静静的没有言语 / 你万一梦到它时 / 千万啊 不要悚惧 / 它是我忠诚的侣伴 / 心里害着热烈的乡思 / 它想那茂密的草原—— / 你头上的、浓郁的乌丝 / 它月影一般轻轻地 / 从你那儿轻轻走过 / 它把你的梦境衔了来 / 像一只绯红的花朵。

——冯至

《诗刊》编辑评论

可以看出你有一定诗的感受力和表现力，语言清新自然，有生活实感，是可以写得更好的。

细心看，你的诗比以前还是有了进展，特别是语言方面，比较流畅，也加强了艺术概括力，望继续努力。

诗三首收读。看到了你写作上进步很高兴。《街头拾趣》（组诗）中"对联""灯笼""烟花"三则较好，有意趣，拟予推荐，希望经编辑部审理后有可选用的。

二〇〇四年《诗刊》社诗歌艺术培训中心　　何来
二〇〇四九月四日

你是会写诗的。总的来看，诗都还可读。有的感觉和形象还不错。诗意的把握和表达功夫也有，写出好诗是可能的：

①诗意的深度发掘；②构思的完整；③形象间的自然过渡；④简练精致。你对一些小情景感写得还准确，也完整和精致，语言也灵活有趣。

留下《滥港桥下水在涨》《南边奶奶》《郑普生偷学周元珍报幕》，都有些意思，荐编辑部选，或"作品选"备选。

《宋新丽几个旋子隐身帷幕了》《赵欣欣　你背着自己的影子在天上飞》（组诗）写情义，亲切动人，抒情、描写都是充满情韵的，都荐编辑部备选。

（《诗刊》二○○五年六月下半月刊副刊发表《滥港桥下水在涨》）
二○○五年《诗刊》社诗歌艺术培训中心　　朱先树
二○○五年七月二十七日

你诗的感觉还是不错的。有的题材内容有诗意，你抓住了。

不足是在表现上有的还欠火候：

一是构想立意缺少新巧。

二是语言功夫上枝蔓太多，我以为要表达什么就明确集中地写出，不要把简单清楚的事说复杂含混了。

诗意的升华不够或构想的完美精致不足。诗要准确自然，技巧最高是无技巧。形象、语言运用都还可以，但还缺少某种穿透性的东西。

《滥港桥路》《朴贞子》（组诗）、《徐莉　你是从泰山走下来的女兵》都荐编辑部看能否备选。

二○○六年《诗刊》社诗歌艺术培训中心　　朱先树
二○○六年四月十一日

读过诗作，觉得虽有较为诗性的透及情绪内核的抒写，但整体而言，铺张的冗句太多，其言述过程枝蔓丛生，未经细化处理，完全是由于用言上欠缺控制，语言使用不到位，所述情感表达起来就会走样。

该取舍的一定取舍，力避铺张，追求简洁洗练的写作风格。

在细节叙写上，应追求独特感，尤其主体构思的刻描，应更多呈

水流走了 岸还在

现诗性的一面，保持洗练之风，提高对语言的敏感度。

二〇〇七年《诗刊》社诗歌艺术培训中心　　海城
二〇〇七年四月二十九日

阅过诗稿，觉得其作叙述流畅，舒缓的语调透出波动的心绪。文字的抒写既有想象，又含及诗性意蕴，看得出你具有写诗的潜质和功底。

感到不足的是，其言述有些铺张，语言的使用不够精致，另外，形式上应富于变化，力求表达手法的多样化。

《你就是红都鞋城的阿里玛》中的诗性描绘疏朗而沉潜，只是分出节来，感觉更好一些。

二〇〇七年《诗刊》社诗歌艺术培训中心　　海城
二〇〇七年八月六日

总的来看，你能在俗常的客观现实发现诗意，这是一位诗人必须具备的条件，而你恰恰具备了这样的品质，祝福你！

看过诗稿，整体感觉还是不错的。《还有》最佳，文字的抒写透及深层感怀，具较强的历史画面感。留下。

（编辑孙文涛：《还有》经初审稿合格留用，待三审稿合格后另行通知。）
（《诗刊》二〇〇七年十一月上半月刊发表《还有》）
二〇〇七年《诗刊》社诗歌艺术培训中心　　海城
二〇〇七年十一月十六日

整体上还是好的，有自己的想法，也积极，有结构，但要注意锤炼字句。

你的诗作还是缺乏一种虚实相合的感觉，没有融合起来。

而《返航的海轮随从了张白珊》《旅途延续了红都鞋城红都梦》二首不错，有想象，也有生活体验，这体现了你的创作。

二〇〇八年《诗刊》社诗歌艺术培训中心　　谢建平
二〇〇八年三月二十日

《每当想起你的时候》，富有动感的精美文字。

诗美，音律美，如清澈的目光，照亮了天空的浮云。

文字如涓涓小溪，富有流动性，诗写得很精致，语言明亮而有韵律，神来之笔，好!

《诗刊》社编辑部　　阎延文
二〇〇八年四月十七日

读后感觉到你的短诗颇有巧思，一些句子有轻灵之气……

你的诗的感觉不错，颇有灵气。

《诗刊》社编辑部　　唐力
二〇〇九年一月十三日

你的作品中有很多很有新意、深意的意象，夹杂在诗句中，也恰如闪电，不时一闪，使人眼前一亮。

不足之处，一是缺少提炼，诗句拖沓，表达上不简洁、清晰。另外就是，有些作品缺乏新意，在意象、表意上都没有创新。

主体不新，则全诗无可取之处；局部不新，则可删改；立意不新，则无从改起。

给我印象最深的反而是一九九八年创作的《一棵孤零零的树》，语言简练，意象鲜明，也很有新意。待送审一试，如获通过，再与你联系。

（《诗刊》二〇〇九年七月下半月刊发表《滥港桥路》）
（《诗刊》二〇〇九年八月上半月刊发表《一棵孤零零的树》）
二〇〇九年《诗刊》社诗歌艺术培训中心　唐力
二〇〇九年二月十二日

这两次作业，一并仔细看了。你的诗作是有灵气的，不时有闪光的句子蓦然呈现，照亮我的眼睛，这是诗的闪现、灵感的闪现，例如：

"头雁被一排排乌云押解／神情忧郁地尖叫了一声／让大风／有了缝隙。"（《一棵孤零零的树》）

这首诗里使用了"押解""缝隙"等词句，都有画龙点睛之效，几乎无法用其他文字替代。意象新鲜灵动，充满言外之意，耐人咀嚼。

相信你会越写越好，因为你有灵性。

留下《旅途延续了红都鞋城红都梦》一首。

二〇〇九年《诗刊》社诗歌艺术培训中心　唐力
二〇〇九年四月二日

你的写作有一闪念的亮光，使你的一些极短的诗有一些闪亮的句子。

但其他几首，或浮泛，或新意不多，从中可以看出，一旦诗歌稍长，则力有未逮。这在谋篇布局、整体的构思上仍需下功夫。

这也表现在意象上、语言上都缺乏陌生感，多是惯常的思维，如"幸福地微笑""母亲温暖的手"等，都太平常了，限制了诗意。希望潜心下来，多读优秀作品，细心体会。

暂留《眼睛不让运盐河寂寞》，送审一试。

> 二〇〇九年《诗刊》社诗歌艺术培训中心　　唐力
> 二〇〇九年七月二日

这一次作业稿，读后感觉到你的短诗颇有巧思，一些句子有轻灵之气，如《桑葚一颗颗接力向着月亮奔跑》《驼子》等，从中可以看出，你的诗的感觉不错，颇有灵气。

诗人称为的"应景之作"最不好写，能不写就不写，写了也不公开，因大多作品不是来自内心，不是来自生命深处的诗歌常不具备独特的体验。

有人问著名诗人大解："你到新疆采风写诗吗？"他说："不能！诗来自内心的沉淀。"

诗歌，一定要让体验来自生命的深处！

这次最大的感受是你善于从生活的游历中去寻找诗意，说明你有一颗诗心，凡有所历、所感，都记于心。

> 二〇〇九年《诗刊》社诗歌艺术培训中心　　唐力
> 二〇〇九年十二月二十五日

孙文涛：您的作品《滥港桥路》将刊发在《诗刊》·下半月刊2009 年 7 月号上，特来函告知，请勿再投他处。

出刊后将有样书、稿酬寄上。请仔细填写随信附寄的"作者存档卡"：原名、笔名、创作成果等项目。

《诗刊》社上半月刊编辑

你的诗总是婉约而深沉，读后使人感到一种酸楚、一种眷恋。从心中流出的句子，没有技巧却如此动人。

神来之笔。

记忆是支撑这组诗的火种，不经意间就熠熠闪耀起来。

美丽的年华，本身就是一首诗。那种纯粹，那种透明，给人久违的纯真。

《诗刊》社编辑部　　阎延文
二〇一〇年七月十五日

阎延文问候南边姜荣！收到大作，非常兴奋。

诗歌语言在你的笔下如此活力迸射，傣家、泼水节似呼之欲出。拜读欣赏。最近诗刊专号很多，如有机会我尽力推荐。

《诗刊》社编辑部　　阎延文
二〇一一年九月四日

南边姜荣：我是《北方文学》杂志社诗歌编辑。

已读过《收到了蔡文琪和马平莉的信》等四首来稿，诗写得别具特色，很喜欢。经提交主编审，主编已决定留用。

（《北方文学》二〇一三年七月发表《收到了蔡文琪和马平莉的信》《桑葚一颗颗接力向着月亮奔跑》《驼子》）

《北方文学》杂志社　刘云开
二〇一二年十月

诗读了，你的诗一如既往地韵味独特，喜欢，选了六首下周我提给主编，题目是《你别叫我》《你从前形如滥港河》《你别像冬天离开了》《你是喜鹊往返鸟巢复制着幸福》《白鹭》《天池　停靠了一艘样子疲倦的船》。

等主编室返回消息我再告诉你。

《北方文学》杂志社　刘云开
二〇一七年七月

前次选送的大作两首《和意大利古罗马斗兽场对视》《喜欢躲藏在水里的威尼斯故事》已三审通过。

《诗刊》社编辑部　阎延文
二〇一八年七月

《诗探索》昆山诗歌论坛

诗歌与其他艺术门类一样，是需要天分、才气和时运的。

不是自以为是的大师情结和毫无技术含量的某些中学生作文式的简单命题。

——林莽

我所说的安静更多是指心灵的安静，而你的眼睛和耳朵是不应该安静下来的，你必须对这个时代有着切肤深入的批判。

——苏历铭

但愿大家没有因为我的言不及义而心生失望——我们以诗歌的名义相会于昆山，怀着近似的心情彼此坦言，问道求解，已不仅仅是诗歌的莫大恩泽，也蕴含了命运给予我们的命令式安排。

——王夫刚

熟悉的姿势，人民熟悉那个姿势，像一把剪刀，一把坚韧、锋利的剪刀，修饰中国人的生活，剪去中国的痛。

——老铁

风趣幽默的诗人南边姜荣，诗歌朗诵给人震撼，歌儿也唱得太好了，非常专业，实在令人难忘，您唱的歌太棒了！

那天在巴城镇老街饭店告别午餐上，南边姜荣给我们唱了一首《草原之夜》。

优美的旋律，优雅细腻的韵味，同时将江南小桥流水、碧波荡漾烘托出来。

就是在这样的气氛下，南边姜荣的一首歌唱到最后成了酒，我把红酒当成了水来喝了，一饮就醉，我醉在回家的路上。

哈哈，南边姜荣哥哥有空只管来玩，铃子欢迎您，这儿的诗友们也欢迎您。

——清荷铃子

南边姜荣兄的想象力的确是较常人有异，能将两个风马牛不相及的事与物作出非同寻常的比喻。

如"一双多么妩媚的眼睛　穿行在／荆棘遍布　野兽横行的山沟泥滩上／任羊肠小道蜿蜒在她的心头　不断地颠簸"，等等。

手法抒情而狂野。

——黄劲松

诗歌创作发表年表

序	诗歌作品	页	发表刊物	版面	时间
1	滥港桥下水在涨	3	诗刊	下半月刊	2005.6
2	街头拾趣（组诗）	151	扬子江	月刊	2006.2
3	原生态之音（组诗）14首	—	星星	半月刊	2006.12增刊
4	郑普生偷学周元珍报幕	57	星星	半月刊	2006.12增刊
5	返航的海轮随从了张白珊	61	星星	半月刊	2006.12增刊
6	印象黄山（组诗）	156	星星	半月刊	2006.12增刊
7	江水冲不散的（组诗）	143	星星	半月刊	2006.12增刊
8	一个属于黄昏的灵感	—	星星	半月刊	2006.12增刊
9	小泽征尔你跪下听二泉映月	231	星星	半月刊	2006.12增刊
10	写生于顺德仙泉山庄	146	星星	半月刊	2006.12增刊
11	一只海鸥执拗地叫唤	148	星星	半月刊	2006.12增刊
12	补丁	160	扬子江	月刊	2007.1

序	诗歌作品	页	发表刊物	版面	时间
13	西湖趁天黑靠近了路灯	—	星星	半月刊	2007.6
14	还有	164	诗刊	上半月刊	2007.11
15	滥港桥路	6	诗刊	下半月刊	2009.7
16	一棵孤零零的树	141	诗刊	上半月刊	2009.8
17	记得梧桐叶飘落的细节	—	中国诗人	双月刊	2010.12
18	刺柏	29	诗探索	季刊	2011.3
19	木鱼	30	诗探索	年诗选	2011.12
20	洞箫	30	星星	半月刊	2012.6
21	木鱼	30	星星	半月刊	2012.6
22	我一直描述不好滥港桥	4	星星	半月刊	2012.12 增刊
23	水流走了　岸还在	20	星星	半月刊	2012.12 增刊
24	刘凡你一再说起那一次	62	星星	半月刊	2012.12 增刊

水流走了

岸还在

序	诗歌作品	页	发表刊物	版面	时间
25	一个跳芭蕾舞的女兵 叫王丽	72	星星	半月刊	2012.12 增刊
26	李云生你就是一把 开弓的京胡（组诗）	74	星星	半月刊	2012.12 增刊
27	朴贞子（组诗）——记朝 鲜平壤电影制片厂演员	76	星星	半月刊	2012.12 增刊
28	老正街	154	星星	半月刊	2012.12 增刊
29	小鸟虽小 可你玩的是整个天空	166	星星	半月刊	2012.12 增刊
30	旅途延续了 红都鞋城红都梦	113	星星	半月刊	2012.12 增刊
31	墙壁上谁《题黄鹤楼》	126	星星	半月刊	2012.12 增刊
32	和所有出征的 兵马俑一样	127	星星	半月刊	2012.12 增刊
33	一座赶路的渣滓洞	128	星星	半月刊	2012.12 增刊
34	那一年的红都鞋城火了	115	星星	半月刊	2012.12 增刊
35	真情是很顽强的 ——点评爸爸第四辑的 三首诗 / 姜春邻	174	星星	半月刊	2012.12 增刊

序	诗歌作品	页	发表刊物	版面	时间
36	桑葚一颗颗接力 向着月亮奔跑	23	北方文学	月刊	2013.7
37	收到了 蔡文琪和马平莉的信	25	北方文学	月刊	2013.7
38	驼子	27	北方文学	月刊	2013.7
39	和所有出征的 兵马俑一样	127	诗刊	上半 月刊	2014.11
40	一座赶路的渣滓洞	128	诗刊	上半 月刊	2014.11
41	洞箫	30	星星副刊	半月刊	2015.1
42	木鱼	30	星星副刊	半月刊	2015.1
43	莫非你是 红都鞋城的古丽	120	北方文学	月刊	2016.4
44	多少年磨不灭 对红都鞋城的印象	121	北方文学	月刊	2016.4
45	你就是 红都鞋城的阿里玛	122	北方文学	月刊	2016.4
46	被苍鹰擦深的 雅鲁藏布大峡谷	130	北方文学	月刊	2016.4
47	滥港桥下水在涨	3	诗林	月刊	2016.11

水流走了 岸还在

序	诗歌作品	页	发表刊物	版面	时间
48	我一直描述不好滥港桥	4	诗林	月刊	2016.11
49	滥港桥路	6	诗林	月刊	2016.11
50	滥港河　滥港河	9	诗林	月刊	2016.11
51	你别叫我	11	北方文学	月刊	2017.8
52	你从前　形如滥港河	11	北方文学	月刊	2017.8
53	你别像冬天离开了	12	北方文学	月刊	2017.8
54	你是喜鹊 往返鸟巢复制着幸福	22	北方文学	月刊	2017.8
55	滥港河笔记（组诗）	14	北方文学	月刊	2017.8
56	天池　停靠了 一艘样子疲倦的船	35	北方文学	月刊	2017.8
57	和意大利 古罗马斗兽场对视	211	诗刊	上半 月刊	2018.7
58	喜欢躲藏在水里的 威尼斯故事	214	诗刊	上半 月刊	2018.7
59	眼睛不让运盐河寂寞	167	光明日报	第14版	2021.4.16

跋（一）

诗歌是不必"读懂"的

米兰·昆德拉说："人世间原本就有大的不朽和小的不朽。大的不朽是世人对你言必称名，是那些陌不相识的人一直记得你；而小的不朽不过是爱你的人依然记得你。"

文学创作就是写作者用文字的形式以一己的有限性向不朽的无限性不断靠近的过程。

记忆碎片，发酵成诗。

诗歌之美源于自由：心灵的自由，精神的自由。

—李南

历经数十年的磨砺，爸爸的这部《水流走了 岸还在》诗集终于要付梓了。

我以为诗歌的本质是抒己情，言己志，是外界意向与诗人内心碰撞发生的由衷感应，是独特的生命体验与人之常情的共鸣。

从某种意义上说，诗歌是不必"读懂"的，诗歌是个体生命和语言的独特展开，是诗人特殊感受力和个体生命的独特体验，它更需要阅读者的体悟和感受。

你重复写自己最擅长的东西，添加新的感受，于是一幅又一幅动人的画面，自然就出来了。

　　　　　　　　　　　　　　　　　　　　——刘刚

　　一辈子可以写一万首诗，读者最多记住诗人的名字，但你的诗听一遍，泪就涌了出来。

　　　　　　　　　　　　　　　　　　　　——吴声和

　　你写战友，那种纯粹是久违的纯粹，那种纯粹火种一样点燃了战友的目光，在字里行间不经意地就熠熠闪耀起来。

　　　　　　　　　　　　　　　　　　　　——赵欣欣

　　再次品读这部诗集，手中沉甸甸的，心里也是沉甸甸的：这里既有绵延悠长的故土之思，也有斑驳陆离的异国情调；既有患难与共的战友之情，也有开拓进取的创业之悟；既有怀古忧思的韵律之美，也有耐人咀嚼的人生之辩。

　　小的不朽不过是爱你的人依然记得你。

　　小的不朽不过是那些记忆的碎片在这里发酵成诗。

　　小的不朽不过是爸爸的这部诗集《水流走了　岸还在》终于付梓而表现为真情是很顽强的，表现为诗人的尊严，表现为激荡不息的诗歌形式的创造力，表现为诗意敏悟的穿透力……

　　　　　　　　　　　　　　　　　　　姜春邻
　　　　　　　　　　　　　　　　　　　二〇二一年一月
　　　　　　　　　　　　　　　　　　　通州双皮桥北村

跋（二）

诗歌的感觉

对南边姜荣的诗歌评论在这部诗集《水流走了　岸还在》里已经不少。这些评论，精到，入木，蕴含诗理，我再说就是多余的话了。

如果要说，也只有一句，南边姜荣是一个有诗歌感觉的诗人。

逃婚的小铃儿在《滥港桥路》上思恋着恋人：

那月亮　　还会赤脚过河

坐时光的滑梯回来　　回眸之间

小铃儿退到一棵杏树儿后边　　红了脸

满头白发的《南边奶奶》偏爱地踩了又踩水踏板：

那黄昏倾斜的　　一块水踏板

被南边奶奶你的三寸金莲　　踩得更弯了

先后《收到了蔡文琪和马平莉的信》，先后：

降落的不是猫　　是比猫更轻更柔的月光

梦里　　因为月儿俏皮地注视

童真的滋味　　愈加甜蜜

《驼子》失足落井，黄花儿狗还在井边溜达：

可是　一口老井没有了你的倒影

多么孤独的　寡居

《被梦到的战友你会有感应么》，梦到的：

女兵班班长　快人快语的徐莉却哽咽了

假装　用祖传的木格窗户

装裱泰山日出

《旅途延续了红都鞋城红都梦》，延续了，延续了：

河面上　送不走的是一张白帆

边走边停　它有孤单　寂寞和哑语

以及　被慢下来的呼吸

《一棵孤零零的树》，动态场景，短促描绘：

在天地之间

一棵孤零零的树

十分艰难地

把一道闪电举过了头顶

《和意大利古罗马斗兽场对视》，从此影子似的：

在核桃似的秘密的新房　范莱丽雅

你曾经用果肉　把斯巴达克斯的我死死地包紧

这些诗歌都是南边姜荣日常生活的痕迹。对故乡生活的回忆，对兵营人物的素描，对国内外旅行途中事物的写生，那么多朴实的名字，那么多细微的场景，那么多精彩的故事，都被南边姜荣坚持慢慢地写进了诗里。

这些本是写诗的忌讳之处，都在南边姜荣的这部诗集《水流走了　岸还在》的字里行间找到了诗歌的感觉。

诗歌的感觉在于对生活的敏感、对语言的敏智、对诗意的敏悟。

南边姜荣的诗歌和他的性格一样，激情，爽朗，活泼，甚至还有直白。但这些都不妨碍他在万千语言中寻找诗意，寻找词境，寻找自己的表达方式。

他的生活，丰富也有，简洁也有，平铺也有，曲折也有，这些也都难阻止他追求生活中的诗意词境。

这或许是一种本能。

这种本能使南边姜荣一直处在诗歌的感觉之中，也使他的诗歌常常带给我们意外的感觉、陌生的感觉、拍案的感觉。

诗歌的内涵与张力都在这里得到充分的释放。

正如这本诗集的书名所寓：水流走了，岸还在。

冯新民

二〇二一年二月二十八日

南通藕园

● 然后，在部队巡回演出后休假，我时常翻过红墙，躲在营房外的新沂小学教室里，偷读斯坦尼斯拉夫斯基的《演员自我修养》，写几行朦朦胧胧的文字，写一双隐形的翅膀，有渴望飞翔的要求。

● 然后，红都鞋城给我带来意外的辉煌、世俗功利、伤痕和痛，我则以诗歌传递挥洒自如的淡定浪漫的精神状态，表现艺术的渐渐成熟并具对现实永远的陌生感而兴奋，镜子一样，将诗歌喜欢在眼里、在心里。